# 捜査

せいふくそうさ

## 佐佐木譲

# 目次

# 制服搜查

# 越軌

駐在所起居室裡的電話分機響起，川久保篤巡查部長接起電話，心裡希望不是有人通報什麼大案子。

因為眼前正有三個客人死纏爛打地勸他喝了一杯日本酒，如果案子大到得開車出門就變成酒駕，這可不行。

「這裡是志茂別駐在所。」川久保說，幸好現在還沒喝醉，口氣聽起來應該還算清醒。

對方是個女的。

「警察先生嗎？新來的？」

聽起來頗有年紀。

「是，我是新來的川久保，怎麼了？」

婦人憂心地說了：「我是從大澤打的電話。」

大澤？川久保翻出腦中的地圖，應該是在本町西邊郊區的地方，但他才剛上任，人生地不熟，不是非常肯定。

三位客人盯著川久保，他們是町上的防犯協會會長，地區安全推廣員，還有前任町議會議長（現在是當地自民黨國會議員後援會會長）。三人都是七十多歲的老先生，而且已經有人喝得滿臉通紅。

電話那頭的婦人說：「我家附近就是町公墓，那裡有人大呼小叫的，可能是打架吧？」

「是誰在大呼小叫？」

「不知道，應該是年輕人，還有人在哭。」

「町公墓是吧？」

「第二町公墓。」

有人打架？那就該開警車過去，早知道就不要喝日本酒了。但是川久保才上任第四天，町裡的仕紳就上門要他了解一下當地狀況，三個客人都比川久保大了二十幾歲，既不能趕他們走，又拒絕不了喝酒的老規矩。

婦人又說：「警察先生能不能來看看？我有點擔心。」

川久保正不知道如何回答，防犯協會的會長就站起來討電話，川久保也乖乖交出話筒。

防犯協會會長吉倉忠的口氣相當散漫。

「我吉倉，怎麼？……第二町公墓？就有涼亭的那個吧？……吵架人多嗎？三、四個？該不會只是高中生抽菸吧？……我們正和警察先生在交流，你能不能再等等？如果二十分鐘之後還在吵，再打一通電話來……對啦對啦，警察先生才剛來，不要太勞煩人家。對，如果等等沒事了，就不用打來啦。」

講到這裡，對方似乎也掛了電話，防犯協會會長吉倉把話筒放回話機上，對川久保說：「如果二十分鐘之後還在吵，我會幫你找人開車，別擔心。」

「不行，我會想辦法先醒酒。」川久保說。

「二十分鐘不可能醒得過來，我們三個可是各帶了一升酒跟大把的下酒菜，今天晚上你就鐵了心喝個夠吧。」

根本沒得商量，川久保偷偷嘆了口氣，又坐回自己的坐墊上。

這裡是北海道警察本部釧路方面、廣尾警察署的志茂別町駐在所，時間是四月第一個星期六的晚上。志茂別町是十勝平原邊緣的小農村，川久保剛被派來這裡第四天，人生地不熟，而且他當了二十五年的警察，這還是第一次管駐在所。

町上三位仕紳今天特地上門告訴他當地的重要資訊，不過他們講的全都是町教職員工會的活動，還有民主黨與共產黨分部的八卦消息。

川久保邊聽邊應聲，不知不覺過了三十分鐘，剛才那位婦人沒有再打來。川久保喝了酒，判斷力有些遲緩，認為不管第二町公墓有沒有人打架，現在都已經安靜下來了。

吉倉起身看看牆上的鐘。

「看吧，沒事，這裡就是這樣。」

地區安全推廣員中島也說：「這裡很平靜，警察先生只要顧好那些愛喝酒的就不會出事啦。」

「話說川久保先生，你單身就任應該不太方便，要不要找個人照料？」

前町議會議長內橋問。

其他兩人一聽立刻奸笑。

內橋也賊笑著說：「我們這個町不大，但是有漂亮的寡婦，要有夫之婦也行。只要我一句話，洗衣煮飯這些雜事都有人幫你處理喔。」

川久保搖搖頭。

「好意心領了，但是警察傳出醜聞可不好。」

「等你有意願就告訴我啊。」

「到時候吧。」

「是說新任警察開得起玩笑，就讓人放心啦。一名好警察就應該要有大肚量。」

「我儘量不辜負大家的期望。」

「那今天晚上就喝到這裡，來得突然多包涵啊。」

三人從駐在所的側門離開。

川久保鎖上門，看看起居室的時鐘，八點二十分。

隔天是星期天早上，又有另一名婦人打電話來。

駐在所警察可以跟轄區警署的地域係警察輪班休假，但這個星期天不是排休的日子，要整天看守駐在所。

婦人說：「警察先生，今天有發生什麼事情沒有？」

「怎麼了？」川久保沉穩地問：「你想問什麼事情？」

「想問有沒有車禍，我家小孩昨天出門還沒回家。」

咬字清晰，口氣成熟。

川久保看看辦公桌上的當地報紙，這是帶廣市報社發行的報紙，頭版有著斗大的標題。

「帶廣署前職員，向本報揭發機要費疑雲」

跟自己的行業有關，剛才正看得專心呢。

頭版報導底下是警察日誌，他清楚得很，上任這五天來轄區內沒有發生任何車禍。

川久保翻著警察日誌說：「最近町上沒有發生車禍，你家小孩昨天幾點出門的？」

「昨天下午放學回家，留了張紙條說要去朋友家就出門，可是到現在還沒回來，也沒打個電話回家。」

川久保坐在椅子上問：「小孩是男生女生？幾歲了？」

「男生，十七歲了。」

「十七歲的男生，念高中？」

「對，剛升上三年級。」

婦人說了當地公立高中的名字，是間普通高中，町上大多數學生都讀這所高中。

「名字是？」

「山岸三津夫。」婦人描述了名字的寫法。

「請問怎麼稱呼？是三津夫的媽媽？」

「是，我叫山岸明子。」

「為什麼怕他出車禍？他是騎腳踏車還是機車出門嗎？」

「他的機車還停在家門前，可是安全帽不見了。」

「他是跟誰一起出門？」

「我沒問。」

「有說要去哪個朋友家嗎？」

「說要去找他高中同學上杉，住北志茂那邊。」

北志茂，川久保思考著這個地名，或許是在志茂別的西北方？那裡大概有三十家零星的農家，還有民營的產業廢棄物處理場，離町中心大概十公里遠。

「那麼打電話去上杉家問過嗎？」

「有，昨天十一點左右。」

「對方怎麼說？」

「說我兒子沒去。」

「是那個朋友親口說的？」

「不是，是那個朋友的媽媽接電話，問她旁邊的兒子，兒子說沒過去。」

「朋友叫什麼名字？」

「上杉昌治，他的高中同學。」

「令郎還可能去哪些地方？」

「我想不出來。」

「有沒有常常一起騎機車的朋友？」

「沒有，他沒什麼朋友。」

「三津夫他有手機嗎？」

「沒有。」

「那請山岸太太給我聯絡方式。」

山岸明子說了家裡的住址電話，住在町上的公宅，離駐在所相當近。明子又說了上班地點的電話，她是A-COOP超市的收銀員。

「我今天上午九點半到下午五點半上班。」

「能聯絡上你丈夫嗎？」

「不行。」明子的口氣絲毫沒有一點變化：「我們是單親家庭。」

川久保試圖遮掩心中些許的慌張。

「你現在在家嗎？」

「是。」

「我大概二、三十分鐘之後再打過去。」

「麻煩了。」

川久保掛上電話，十七歲的高中男生從星期六晚上就沒了消息，如果在札幌根本不用考慮什麼犯罪嫌疑，但是在人口六千人的北海道小農村就難說了。是不是該做點心理準備？還是先搞清楚狀況再說？

駐在所後方的水壺冒出聲響，川久保走出起居室到廚房泡了杯咖啡，拿著馬克杯走到辦公室。他很訝異自己會泡咖啡，畢竟妻兒不在身邊，也沒有生活常識，真的很擔心獨自生活會不會出事，所以在上任之前還請老婆好好教他做菜和洗衣服。

川久保喝著咖啡，打電話給轄區廣尾警署，廣尾警署在道警本部裡面算是C級的小警署，單位名稱不是「課」而是「係」。他請總機轉接交通係，打聽昨天晚上到今天早上之間轄區內有沒有發生車禍，答案是沒有。

川久保啣著咖啡杯開始思考。

高三男生昨天晚上失蹤，機車還在家門前，但是安全帽不見了，轄區裡又沒有發生車禍。

最合理的推論就是他搭了某人的機車出遠門，遠到來不及聯絡，今天又是星期天，還有的是時間好好兜風，只要傍晚趕回家就好……

應該就這麼回事吧？但是媽媽卻說不知道他會跟誰一起騎車出門。

看來要多打聽他的交友關係。

川久保正要把日誌收回抽屜，瞥見高三女兒寄給他的風景明信片，昨天才剛寄到。

「爸，獨居會不會不方便？要小心身體喔。

我今天開學升上三年級，暑假會跟媽一起去探你的班。

Ciao　美奈子」

川久保不禁露出微笑。

通常警察被派去駐在所都會帶上家人，因為駐在所比派出所更荒涼，如果沒有家人或妻子幫忙處理生活瑣事，連公務都無法順利執行。光是多一個人接電話，工作就會輕鬆許多。

但是川久保上個月收到人事調動令的時候，就決定要單身就任。他在札幌住了十五年，家裡有老婆和兩個女兒，大的讀公立高中三年級，準備要考大學，小的才剛考上私立高中。這個時候要讓女兒們轉學很不方便，但是又不能把老婆帶來這個志茂別町駐在所，把兩個女兒獨自留在札幌。川久保跟家人商量了兩天，決定還是要單身就任，心甘情願扛下苦日子。反正北海道警察本部也沒規定駐在所警官一定要帶著家人上任。

川久保把女兒寄來的明信片翻面，心想今年一定有很多警察跟他一樣倒楣。兩年前稻葉警部出事之後，道警本部就把警察管得很嚴，任何人在同單位待滿七年就要無條件調動，在同一地區待滿十年就硬要你換地方。

結果這兩年的大搬風，讓道警所有轄區警署的老練探員全都不見了。

刑事課強行犯係講求的是經驗，但老刑警卻被調到其他地區負責更換駕照的業務。郡部小鄉村的駐在警察跟當地民眾認識多年，現在得在札幌做陌生的鑑識工作。道警本部寧可破案率稍微降低一點，也不願再出現像稻葉警部那樣的抓狂警官。

川久保也是因為這樣才被調動，他的警察生涯從瀧川署起步，十五年前到札幌西警察署擔任刑事課竊盜係的探員，表現相當不錯。五年前轉任札幌豐平署刑事課強行犯係，工作還是一樣忙碌，也一樣需要專業技能。

但是這次突如其來的調動，要他體驗從來沒碰過的駐在所勤務，來到遠離札幌的十勝地方小農村。雖然他在豐平署只待了五年，但已經在札幌任職十五年，所以必須調動。

身為公家機關（尤其是警察機關）的一員，他無權抗議人事調動命令，只能選擇帶著家人或單身就任。

川久保把女兒的風景明信片收進抽屜，她們兩個再過五、六年就要離家自立，代表他再也無法享受一家團聚的時光。各分東西的時候來得比想像中要早，確實相當遺憾。

川久保戴好帽子站起身，上一任駐在所警察交接的時候告訴他，前十天只要把町上的路全跑過一遍就好。剛好今天下午他就打算再跑一趟，要把整個北志茂地區的路都摸熟才行。

川久保走向警車，整理案件的經過。

名叫三津夫的少年從高中放學回家，留了字條說要去朋友家就出門，目前不清楚留字條是這家人的習慣，還是這次比較特別。不過根據山岸明子描述的口氣，母子倆平時應該就有溝通，可見留字條是習慣。

駐在所門前就是國道二三六號線，連結帶廣、襟裳岬與浦河，車流量相當大。

先開車上國道，往町公宅方向前進，公宅離駐在所不過兩個路口，是一片灰色的平房社區，叫做本町公宅，聽說這裡住的都是老人家和低收入戶。

開車把公宅社區繞了一圈，四月上旬已經完全融雪，社區前的花圃開始冒出水仙花的嫩芽。今天天氣不錯，有主婦正在院子裡晾衣服。

川久保根據山岸明子提供的門牌號碼找到房子，正把警車放慢速度，就有一名女子開門出來。看來三十多歲，身材嬌小，穿著小夾克與長褲。川久保心想這應該就是山岸明子，看來鎖了門正準備要上班，於是將警車停下來。

山岸明子發現警車吃了一驚，川久保下車輕輕挪了警帽，算是打聲招呼。

山岸明子走上前來，滿臉期望有好消息。

等她走得夠近，川久保就報上姓名。

「我是剛上任的川久保，剛才接了你的電話。」

山岸明子停下腳步，抬頭看著川久保。

「我是山岸，查到了什麼嗎？」

皮膚白皙，幾乎沒化妝，眼角有點細紋，或許是昨天晚上沒睡好的關係。她的長相端莊，與電話裡的聲音印象差不多，打扮相當樸素，但看慣女人的男人應該會說她是個美人胚子。

川久保說：「我打算等等到北志茂繞繞，如果你方便，能不能請教三津夫他的生活跟交友關係？」

「可是我正要上班，該怎麼辦呢？」

「五分鐘方便嗎？」

「能不能請你跟我一起去上班？路上可以多跟你說一點。」

「可以，我送你一程。」

此時一個住在社區裡的主婦走了過來，盯著川久保和山岸瞧。

川久保擔心山岸明子被人閒話，連忙笑著拉大嗓門。

「我想應該不用擔心，十七歲的男生難免做點傻事啦。」

山岸走向警車的副駕駛座說：「就是做傻事才要擔心。」

A-COOP超市就在行經町中心的國道邊上，一旁是農會辦公室以及貨運公司的成排倉庫。

山岸明子走進辦公室，向已經來上班的同事們打招呼。

「三津夫沒有回家，所以我找警察先生商量。」

同事們點點頭，接著與兩人拉開距離。

山岸明子回答川久保提出的問題，包括三津夫的生活與交友關係，她說三津夫從小就十分內向，遇到喜歡的事物會非常投入，但不主動與人套關係。

三津夫也不是什麼運動好手，只有幾個同年紀的朋友，學校社團是和太鼓社。

升上高中的時候，班上有個從其他中學升上來的孩子王，孩子王身邊跟了十幾個人，三津夫也是其中之一。這個孩子王就叫做上杉昌治。

山岸明子說：「他放假的時候常跟上杉他們一起出去做點什麼事情，打打棒球，玩玩電動，這其實都還好，但是後來就有些不對勁了。」

「怎樣不對勁？」

「比方說在咖啡廳泡一整天，還有跑到帶廣去。」

「跟這個上杉一起去？」

「對，說起來真丟人，他還曾經在帶廣的百貨公司順手牽羊，被警察帶去輔導，還是我去警局把他領回來的。」

「這也是跟上杉他們一起幹的？」

「對，他們偷拿了名牌運動鞋，但是只有三津夫一個人被抓去輔導。」

「什麼時候的事情？」

「去年的十月，我告訴他不要再跟上杉那群人混，但依舊糾纏不清。」

「上杉這孩子是學校列管的不良少年嗎？」

「不太清楚，聽說他參加過柔道社，但是去年揍了學弟被退社。」
「上杉那群人你認識幾個？」
「我想想……」山岸明子給了三個姓名，都是高中同學。
川久保問：「那群人有集會地點嗎？比方說那個泡整天的咖啡廳，可以告訴我嗎？」
「就是舊站前面的『向日葵』，裡面擺有漫畫，三津夫放學之後經常會去那裡，其他集會地點我就不清楚了。」
「我今天才上任第五天，人生地不熟，這裡還有其他地方會聚集很多高中生嗎？」
「應該沒幾個。」山岸明子搖搖頭說：「這是個小地方，沒有多少電玩場所，每個人都是等高中畢業買了車，開一小時的車去帶廣玩。」
「三津夫有沒有可能去了帶廣？」
「我想他不可能騎夜車跑去帶廣，也沒聽他說過。」
川久保開始沉思。

如果這裡是像札幌一樣的大城，年輕人一定找得到地方聚集，大城市裡多得是娛樂，讓年輕人玩上好幾天都不會膩。但是這個農村只有六千人口，有幾個地方可以讓年輕人混一個晚上？除了練社團、上補習班之外，這個村裡的年輕人肯定窮極無聊。

川久保想了想之後問：「不好意思，三津夫他爸爸住在哪兒？」

山岸明子猶豫片刻之後才回答。

「目前應該在本州那邊，怎麼了？」

「我想說父母離異之後，三津夫他可能會想去找爸爸。」

「他爸爸失聯了，三津夫不知道他人在哪裡，我也一樣。」

失聯？代表他也不會提供三津夫的養育費了。

「三津夫他昨天有那裡不對勁嗎？」

「早上去上學的時候還很正常。我想問，如果我報案，警察會協尋嗎？」

川久保搖搖頭。

「以目前的條件來說，警署就算接到報案也只會比對轄區內的意外案件，不會組成搜索隊。」

「那要怎麼樣才會組搜索隊？」

「如果更明確證實是犯罪或意外，會比較方便做事。比方說證明他在山上迷路，或是在河岸邊找到鞋子，搜索隊就有清楚的搜尋範圍。」

「所以我家小孩就這麼放任不管了？」

「我認為你可以再多想想他可能去的地方。」

看到山岸明子一臉落寞，川久保只好說：「不然，你先報警協尋吧。我車上有表格，等等留給你一張，只要填寫必要欄位送到駐在所，我就幫你送去廣尾警署。」

山岸明子思考片刻之後回答：「我要報案，不能什麼都不做。」

川久保走出辦公室，從警車裡拿出報案表格，回到辦公室一看，山岸明子已經把外套換成店員用的橘色背心。

川久保將表格交給山岸明子，發現她已經紅了眼眶，隨時都可能掉下斗大的淚珠。

她也清楚自己隨時都會哭出來，硬是咬著唇忍住。

「那孩子是我的一切，我只有他了。」

川久保點點頭。

「我清楚，我會盡力而為。」

嘴上這麼說，他卻暗自咒罵自己沒有更多詞彙可以鼓勵對方。

川久保離開A-COOP的辦公室，回到駐在所之後就得把山岸明子的報案表單傳真給廣尾警署。以這個町來說，受理人是轄區廣尾警署的署長。等表單傳出去，他想從置物櫃裡翻出幾個老檔案重新研究，尤其是少年輔導紀錄。這個町上有高中，不可能只有一個咖啡廳讓高中生聚集，肯定有些地方是山岸明子這種單親媽媽不知道的。

川久保傳出報案單之後，打開置物櫃翻找前任警察留下的輔導紀錄，他找到車禍處理檔案、竊盜損失檔案、各種報案紀錄，就是沒有什麼輔導紀錄。或許因為件數太少沒有獨立建檔吧？那就只能照順序翻日誌了。

但轉念一想，找當地的萬事通會不會比較快？

交接的時候前任警察告訴我防犯協會會長是這裡的萬事通，但是根據昨天的印象，那個吉倉知道的事情太過偏頗，甚至不一定清楚目前高中生的活動範圍，至少不會比山岸明子知道更多。

那還有誰呢？

想到了，上任第二天去郵局拜碼頭的時候，局長告訴他有這麼一號人物。郵局員工有職務之便，本來就很熟悉地方上的小事，只要不違反保密義務都很樂意幫忙。

而局長提到一個資料庫等級的好手，是兩年前退休的男員工，他已經在這町上送了三十五年的信。

這人叫做片桐義夫，住址在町外，白天通常泡在社福中心的娛樂室裡，興趣是下圍棋。

社福中心就在駐在所旁邊，走路就到。

川久保關上置物櫃，走出駐在所。

社福中心是老人與身障人士專用的設施，有一間聚會用的會議室，和一間有電視的娛樂室。走進娛樂室一看，裡面大概有十位老人家，有人在下將棋，有人專心看電視，有老太太在角落的桌邊談笑，大家各玩各的。

電視機旁邊有張桌子，桌邊有位老先生獨自對著圍棋棋盤，手上翻著棋譜，理平頭，膚色黝黑，看起來比實際年齡更青春。

「片桐先生。」川久保走上前打招呼，片桐抬頭起來。

「新來的警察先生啊？」

「敝姓川久保，這裡可以坐嗎？」

「我成了嫌犯啊？」

「哪裡的話。」

川久保笑著搖頭，娛樂室裡其他人往這裡瞥了一眼，但不是每個人都感到吃驚。

川久保坐在片桐對面說：「聽說你對町上的事情很熟。」

「多多少少。」片桐放下手上的棋譜，打直腰桿：「每天都在町裡送信，不熟也得熟。」

「你知道我才剛上任，人生地不熟的。」

「那你想問什麼？」

「有個高中生名叫山岸三津夫，昨天晚上失蹤了。」

「喔，三津夫啊。」

「你認識他？」

「打從他出生就認識了，只是爸爸離家出走，可憐的孩子。」

「他這孩子有可能離家出走嗎？」

「難說，他中學的時候老是黏著媽媽，但是上了高中就不清楚了。」

「聽說他在高中跟上杉昌治這個孩子走得很近。」

片桐皺了一下眉頭，好似聽了什麼不舒服的字眼。

「上杉這孩子怎麼樣？」

片桐望向他處說：「壞孩子，連我送信的腳踏車都要惡搞，不是戳破輪胎，就是搶我的信。」

「他跟山岸三津夫是朋友？」

「不太算朋友，只能說走得近，就像大哥跟小弟，三津夫總是在跑腿。」

「上杉這孩子天生就喜歡當大哥？」

「那家人都是一個樣。」

「那家人？」

片桐左右看了看才繼續說下去。

「他老爸耕三，他叔叔，他哥哥，全都是靠拳頭混日子的人。」

「他們不是農家嗎？」

「不是，耕三現在不務農，改開解體工廠，聽說也有處理違法的產業廢棄物。」

川久保心想應該去瞧瞧，所以起身問片桐：「你覺得高中生要從町裡去上杉家，會怎麼過去？」

「騎腳踏車或機車吧。」

「所以走路到不了？」

「要花兩小時以上。」

「謝謝。」川久保向片桐道謝：「很有參考價值。」

片桐問道：「你也是因為那件案子才被調動？」

片桐臉色嚴肅，他問的是北海道警察本部史上最嚴重的醜聞。

「不是。」川久保搖搖頭：「只是在前一個崗位待太久了。」

「不就是因為那件案子，才會用這種理由調動？」

「不太清楚。」

片桐揚起嘴角。

「最近町裡的警察先生都是兩年換一個，町裡的事情都還沒摸熟又要換人，頂多只能處理町中心國道邊上的事情罷了。至於荒涼隱密的角落，總有壞事偷偷摸摸發生。上面說是擔心警察與當地勾結，但能做到與當地勾結糾纏，這麼了解當地的警察，也比只知道皮毛的菜鳥要好。」

川久保的表情不置可否。

「我會再來請教。」

看看地圖，上杉家位於北志茂地區，從住宅區往南走，沿著荒川往西北方就會到。換個說法，就是南七線町道的路邊。

從社福中心出發三分鐘就離開了街區，眼前是一大片平坦農田，產業道路的路口大概都有幾戶農家，沿路大概每五百公尺也有零星的農家。或許因為今天是星期天，路上車少，幾乎連個人影都沒有。

川久保慢慢開著警車，離開住宅區三公里之後碰到一個右轉髮夾彎，兇悍一點的駕駛可能會穿越雙黃線過彎。過了髮夾彎之後就是沒有任何直線，沿著山谷地形蜿蜒起伏。

走了五、六公里的蜿蜒山路，總算在路邊看到一棟民宅，和洋混合的二樓透天厝，旁邊有兩座鐵皮倉庫，還有一座單斜面屋頂的車庫。住家後方堆滿了廢車，在早春田園之間顯得特別突兀。

住宅前面有座大招牌。

招牌是馬口鐵製，白底黑字。

「上杉開發興業　接受產業廢棄物，歡迎洽詢」

也就是說這裡同時是住家、公司、廢鐵廠、還有產業廢棄物處理場，我想後面的荒川河岸上可能已經挖了個大洞。

川久保把車開進停車場，下了車。

玄關旁邊有輛白色轎車，是豐田的高級車款，旁邊還有一輛全新的豐田四輪傳動車。

此時住家門口打開來，走出一名中年男子，高頭大馬，一看就很像混工地的人，應該是上杉昌治的爸爸。

川久保走到門前說：「我是新來的警察，想請教幾件事情。」

中年男子說：「我上杉，什麼事？」

從他的表情和口氣，就知道他平時總是仗勢凌人。

川久保問：「昨天晚上令郎的同學應該有來府上拜訪，你知道嗎？」

「小孩的事情我不太清楚。」

「令郎昨天晚上去哪了？」

「我說不清楚。」

「有在家裡嗎？」

「警察先生，我家不管小孩幹什麼的。」

「所以他不在家嘍？」

「不知道，只是沒看到他。」

「令郎現在人在哪？」

「一早就出門啦，我兒子幹了什麼好事？」

「沒有，我只是在找一個姓山岸的高中生，聽說他來府上拜訪過。」

「不知道。」

「你太太也不知道？」

上杉轉頭往門裡大喊，問昨天有沒有兒子的朋友來家裡，川久保默默等著，然後上杉又回頭說了。

「我老婆也說不知道，沒聽說。」

「多謝。」

川久保道謝的同時又環看四周，停車場後方的車庫鬧門沒關，裡面有兩輛裝了起重機的卡車，角落還有幾輛老機車，可能是報廢車。

川久保離開上杉家，沿著原路回到町裡。

回到駐在所之後他找出竊案檔案，從半年前的分開始逐一檢查，報案內容大部分是打破車窗偷竊、闖空門偷竊，數量並不多，大概每星期才有一件，甚至一整個星期都沒有，可以說這個町連小犯罪都很少發生。

大概四個月之前，某家公司報案有台小型鏟雪車被偷。然後就在川久保到任前一天，某家小鋼珠店的停車場有輛四百ＣＣ的機車被偷，鈴木的新款仿賽車，黃色，據說有上鎖。

機車，這麼小的地方有誰會偷機車？

本地的竊賊不可能騎贓車，早晚會被失主看見，但專業竊車集團也不可能大老遠跑來偷車，在大城市裡偷車的效率好多了，跑來這裡根本不專業。

大概只能想到小朋友臨時起意偷車吧？可能偷去變賣，可能沒打算偷來騎，只是偷一下好玩。

山岸三津夫曾經在帶廣偷竊被輔導，雖然媽媽都覺得兒子很乖，但搞不好三津夫是個慣竊？孩子總有父母不知道的一面。

川久保想到一個可能性。

山岸三津夫會不會偷了機車騎去帶廣？這裡距離帶廣市區大約六十公里，靠小綿羊有點困難，但高中生配四百CC的機車就不難。

這麼說來今天早上問轄區警署還不夠，可能還要把詢問範圍擴大到帶廣。

川久保立刻打電話給帶廣署的交通課，不愧是當地最大城市，光昨天就有六起車禍，但都不嚴重。其中只有一件造成傷亡，且與山岸三津夫無關。

川久保掛上電話看看時鐘，正好是中午，山岸三津夫失蹤還不滿二十四個小時，目前還不清楚是涉入犯罪還是單純意外。

再觀察半天吧。

下午，川久保再次前往社福中心，打算找片桐多打聽點消息。

他拿著易開罐咖啡要請片桐喝，走進娛樂室發現片桐躺在房間後面的榻榻米上，顯得相當無聊，但一見到川久保立刻起身，走向放著圍棋盤的桌邊。

「怎麼樣？」片桐問：「找到三津夫沒有？」

「沒有。」川久保坐下來，將咖啡遞給片桐。「他似乎沒到上杉家去。」

「你見到昌治了？」

「沒有，說是早上就出門了。」

「這下我有點擔心了。」

「是啊，不過說真的，現在只是高中男生周末晚上沒回家，還不清楚有沒有犯罪事實。」

「在這個町裡夠嚴重的了，就像三年前那件案子一樣。」

「也是高中生？」

「不是，是一戶酪農的媳婦，出去買個菜就失蹤，事情鬧得很大。一個月之後她老公收到一份離婚協議書，原來是在帶廣搞上男人不回家了。」

「高中生也常離家出走？」

「去年底有個高中女生，說是去找網友，其實好像是被輪姦了。」

「強暴？」川久保訝異反問：「這完全是犯罪啊。」

「沒有成案，這個地方太小，如果把事情鬧大，女孩子活不下去的。」

「難道連報案都沒有？」

「應該沒有，如果報了你想會怎樣？」

「轄區警署應該會立刻派女警過來吧？」

「不會來，實際上女孩子後來就很少去上學，最後也離家出走。」

「她爸媽知道女兒被人強暴了嗎？」

「知道，但是他們接受加害人提出的和解，女孩子對爸媽失望透頂，於是離家出走了。本來找回來了一次，後來還是轉學了。」

「對方是成年人，還是高中生？」

片桐搖頭。

「不知道，沒聽說這麼多。」

看來這個話題到此結束，川久保只能換個話題。

「這町裡有什麼地方給高中生集會？最好是高中男生會去的地方。」

片桐不假思索就說：「志茂別川的河岸，他們常在那裡練習騎機車。再來是共榮地區吉井農家的遺址，離町上很近，比較溫和的學生會聚在那裡的倉庫，也有人在那裡玩生存遊戲。」

川久保拿出從派出所帶來的地圖。

「能不能幫我標出這些地方？」

「你要去看？」

「是啊，早點把這地方摸熟。」

片桐從川久保手上接過地圖和紅筆，畫了兩個大圈圈。

川久保立刻前往這兩個地方，河岸上確實有五個男孩正在騎機車，都是排氣聲浪極為尖銳的越野機車。川久保向這五人打聽三津夫，但沒有得到什麼新消息。

接著前往郊區的農家遺址，倉庫和主宅周遭的地面上到處都是菸蒂和寶特瓶；倉庫裡滿地都是生存遊戲用的BB彈，角落還有用過的保險套。主宅大門被木板封住，沒辦法進去，但是可以從窗口發現裡面有人準備椅子和毛毯之類的東西。看來這裡曾經是年輕人的舒適聚會所，但依然找不到山岸三津夫離家出走的線索。

川久保剛回到駐在所，就接到山岸明子打來的電話。

「查到什麼了嗎？」

川久保接著電話，回想起山岸明子的美貌。

「目前沒查到什麼，我問過帶廣警署，但是沒有查到可能的車禍。」

說著他想起昨天晚上訪客提過的事情。要不要找人照顧你的生活？有寡婦跟有夫之婦……

川久保不知怎麼著竟覺得要和山岸明子保持距離，或者說態度要再冷淡一些，不這麼做，他感覺自己會迷上山岸明子，這對有家室卻單身上任的駐在警官來說可不是件好事。

明子說：「已經過了整整一天，應該可以派搜索隊了吧？」

「如果情況更清楚一點，比方說可能會去的地方，他就算是特案的離家人口，警方會派出搜索隊。」

「從町裡到上杉家之間的路線，算不算是搜尋範圍？」

「剛才我跑過一趟，上杉家說他沒有過去。」

「意思是現在束手無策？」

「因為現在狀況未明，或許你聽了不太高興，但有可能是離家出走。」

「絕對不可能。」

「為什麼？」

「因為他十七歲了還是很戀家。」

「十七歲的男孩比媽媽想的要成熟喔。」

「他還是沒有理由離家出走，因為他身上沒錢。」

「如果能再挖出一點三津夫的活動地點就好了。」

「敬子。」明子說：「敬子可能知道些什麼。」

「是哪位？」

「他小時候的朋友田代敬子，之前住在住附近，或許不是很熟，但是曾經念過同班，或許知道些什麼。」

川久保問到了田代家的電話與住址，掛斷電話。

田代敬子家住在町外的新興住宅區，這一帶是少見的美式平房，川久保在田代家門口見到了敬子。

川久保先簡單交代事情經過，然後提問：「所以你清不清楚山岸三津夫的活動範圍和交友狀況？」

田代敬子皮膚白皙，身材纖細，戴著眼鏡，有雙優雅的眼睛，看起來相當內向，但肯定很懂得察言觀色。敬子身穿連帽運動服配牛仔褲，讓川久保一時想起自己的二女兒。

敬子顯得有些為難。

「阿三當了上杉的小弟，我想那批人是他唯一的朋友了。」

「那批人除了上杉昌治之外還有誰？」

敬子說了兩個人名。

「有一個姓戶沼，剛開始跟上杉一起參加柔道社，另外一個姓福島的應該也是柔道社，其他可能還有幾個同夥，包括學弟。」

山岸媽媽也提過這兩個人。

「都是運動員呢。」

「可惜沒有運動精神。」

「都同班？」

「沒有，戶沼跟福島是別班，跟我們不同班。」

「三津夫跟他們一起混，但是關係不好？」

「應該不好，他們根本是不同類的人。」

「但是常常混在一起？」

「對。」

「為什麼？」

敬子微微低頭，片刻之後才回答：「或許因為只有那批人理他吧。上杉這個人雖然粗魯，但是有時候又對人好到有點噁，又身強體壯。所以阿三就算老是被人家當跑腿，還是忍得下來。」

「三津夫他們平時都在哪裡玩？玩些什麼？」

「不太清楚，只知道町上或學校裡出事，他們整批人就會趕過來，鬧一鬧之後跑掉，好像看不慣有人趁他們不在的時候找樂子。」

「也就是說……」川久保思考該怎麼描述：「上杉他們這群人是學校的問題人物嘍。」

敬子又微微低頭。

「應該是吧……」

「他們很壞？」

「倒也不是……」敬子說到一半連忙搖頭：「不是每個人都一樣。」

「三津夫呢？」

敬子抬頭望著川久保。

「很可憐。」

「可憐？為什麼？」

「因為他只有那些朋友。」

「或許比完全沒朋友好喔。」

「我覺得與其交那種朋友，不如孤單終老。」

敬子的態度就像個普通高中女生，川久保微笑之後走出大門。

離開田代敬子的家之後，川久保前往戶沼家，他家位在街區，某條國道旁邊的一座透天厝，這裡曾經是木材工廠。

摁下電鈴，沒有人應門，停車場裡沒有汽車、機車或腳踏車。

全家人都不在？

川久保往旁邊繞想看看後院，突然被人從後面叫住。

「警察先生，什麼事啊？」

回頭一看，馬路對面有個老先生叼著根菸，頭戴遮耳的防寒帽。

川久保低頭寒暄。

「有事找這裡的高中生。」

老先生走過馬路靠近川久保。

「他這次又幹了啥好事？」

「應該沒有，不過你說這次是什麼意思？」

「你不知道？」

「我上星期才上任。」

「你就是新來的警察先生啊。」

「你說這家人的兒子做了什麼？」

「上一任沒告訴你？」

「沒聽說。」

老先生傷腦筋地把菸蒂扔在地上。

「算了，沒事，反正我不是被害人。」

「究竟怎麼回事？」

「算了吧。」老先生又搖搖頭，離開川久保。

川久保接著前往福島家，是距離街區三公里左右的農家。

去到那裡一看，少年的父母正在溫室裡務農，靈巧地組裝塑膠管。川久保停下警車，爸爸見到警車就停下手邊工作，眼神有些擔憂。

「請問令郎在嗎？想請教他幾件事情。」

川久保問完，爸爸說：「勝治出門去了。」

勝治應該是他兒子的名字。

「等他回來，我會告訴他警察要問話，明天放學之後去派出所行吧？」

「當然，他能過來是最好了。」

下午五點半，山岸明子來到駐在所，說是 A-COOP 那邊下班了。

「查到什麼了嗎？」明子說著，眼神十分無助。

川久保回答：「今天是星期天，要不要等晚一點？三津夫的朋友們也都出了門，不知道去哪裡，連他們的爸媽都不清楚，但是看來也不怎麼擔心。」

「那群人昨天晚上有回家對吧？可是三津夫昨天晚上沒回來。」

「我想請教一件事情。」

「什麼事？」

「三津夫最近有沒有做過什麼連你都不敢相信的行為？有沒有惹過什麼麻煩？」

「你是說他犯法了？」

「我沒這麼說，只是想知道他有沒有惹上什麼麻煩，你跟他都無法應付。如果有，他的行動範圍會更明確。」

明子移開視線咬緊嘴唇，猶豫著該不該說出口。

川久保望著明子，最後她轉頭看川久保，輕聲地說：「他被人家霸凌。」

川久保發問確認：「被上杉那群人霸凌？」

「嗯。」

「所以他們不是朋友？」

「我想他是被吃得死死，硬要他去偷東西，還叫他拿錢出來。」

「你給了他錢？」

「我沒給他，但是他應該有設法弄到錢。」

「怎麼設法？」

「應該是偷東西。」

「他偷了什麼？」

「遊戲機，好像是PS幾的，我沒買過這東西，但是他的書包裡竟然就有。我知道的就這麼多了。」

「他從哪裡偷的？」

「不知道，或許是附近的人家。」

「町裡有人知道這件事嗎？」

明子又短暫別開視線。

「我想街坊都發現我兒子變壞了。」

「三津夫是從什麼時候被上杉那群人盯上的？」

「去年，應該是二年級第二學期開始。」

「那批人在町裡的風評如何？流氓幫派？」

「應該不是，倒是另外有一批飆車族。」

警用無線電突然發出聲音，川久保向山岸明子點頭致意之後離開，聽聽轄區警署有什麼指示。

明天有反對出兵伊拉克的抗議團體，要到町外東邊的陸上自衛隊第五旅團駐紮地抗議，帶廣的教職員工會包了一部遊覽車要過去，川久保也要開警車到基地前方戒備，以免發生意外。抗議從上午八點開始。

「請提早十五分鐘抵達。」通訊人員說了：「當活動結束，遊覽車離開，請再回報。」

川久保在聽無線電的時候，山岸明子點頭致意，準備離開駐在所。

川久保連忙喊住她：「三津夫回來的話請立刻聯絡我，多晚都行。」

但是當晚並沒有接到明子打來的電話。

隔天星期一早上，川久保還在自衛隊駐紮地前面戒備，突然接到轄區的聯絡。

「志茂別町南七線與町道西十五號線的十字路口發生車禍，一輛機車衝出路面，有目擊者報案，騎士已經死亡。交通係正趕往現場，川久保巡查部長請在自衛隊基地戒備任務結束之後趕往現場。」

川久保詢問：「騎士的身分是？」

「還不清楚。」

「了解。」

川久保在警車駕駛座上看地圖，南七線和町道西十五號線，昨天他去北志茂地區的路上也經過這個十字路口，正好是那個髮夾彎附近。

他抬起頭，心想這個死者會是誰？該不會是山岸三津夫吧？

川久保趕到現場已經是九點半，交通係正在現場採證，兩輛交通係的車停在髮夾彎半路上，其中一輛是箱型車。

箱型車後面停著一輛黃色機車，乍看之下沒什麼損傷，甚至沒沾上什麼泥巴。

川久保走向一名正在拍照的年輕警察問道：「騎士已經死了？」

「是。」警察放下相機說：「我們叫了救護車，但是急救人員確認當場死亡。」

「可是機車看起來沒什麼損傷。」

「機車是從那頭過來。」警察指著通往町上的方向：「應該是轉不過這個髮夾彎才會摔出去，掉在路邊的草叢裡，然後這輛機車是町裡紀錄在案的贓車。」

「遺體已經送去醫院了？」

「是，醫院要開立死亡證明，急救人員說死因應該是頸椎骨折。」

「身分確認沒有？」

「有找到駕照，叫做山岸三津夫。」

山岸三津夫。

川久保一路上不是沒想過這個可能性，但是如果他今天早上還活著，為什麼沒有聯絡媽媽，又跑去哪裡了？

「目擊證人呢？」

「前面的一個農家，人已經回去了，說是要往街區的路上發現有輛機車倒在路邊。」

「他家裡有媽媽，聯絡了嗎？」

「有，駕照背面有聯絡電話，媽媽已經直接趕往廣尾醫院了。」

「這孩子前天失蹤了，也報案協尋了。」

「他應該都躺在這裡吧？聽說已經死了一天以上。」

「啥？」

川久保一聽目瞪口呆，死了一天以上，都躺在這裡？

「怎麼可能？」

「怎麼不可能？」

「我昨天才路過這裡，沒看見什麼機車啊。」

一名中年警官走上前來，手裡拎著一頂全罩式安全帽，年輕警察介紹他是廣尾警署的交通係係長，姓宮越。

「那頂安全帽是？」

宮越說：「掉在遺體旁邊。」

「原本就掉在地上？」

「應該是摔車的時候摔掉了吧。」

「全罩式安全帽會摔掉？」

瓜皮帽還有可能摔掉，但是全罩安全帽可沒那麼容易掉。

「怪了，這裡真的是車禍現場嗎？」

「你想說什麼？」

「機車看起來沒什麼損傷，安全帽又掉在路邊，再說我昨天白天才經過這裡，根本沒見到機車。」

「機車跟遺體都在草叢裡，你應該沒注意到。」

「發現的人不就注意到了？」

「人家開四輪傳動車，底盤比你高。」

川久保環顧現場之後說了：「昨天也有不少四輪傳動車經過這裡，怎麼會今天才被發現？」

「這裡是髮夾彎，大家都專心看路，所以沒空東張西望吧？」

「但是一定會看到路邊有黃色機車，就像目擊證人一樣。」

「碰巧罷了。」宮越口氣很差：「這只是普通車禍，交給交通係就好，別惹事生非。」

「可是……」

「別多嘴！」宮越用手指頂著川久保：「駐在所的警察只要守本分就好！」

年輕警察也搖搖頭示意川久保作罷，川久保只能硬是把抗議吞了回去。

隔天舉辦山岸三津夫的公祭，遺體先被送到町立廣尾醫院，由山岸明子確認身分，醫師開立死亡證明之後，交由山岸明子領回。公祭在町內的淨土真宗寺廟舉行。

川久保也去了這場小小的公祭上香，出席人數只有鄰居、高中老師和同學，頂多三十人左右。

和尚還沒誦完經，川久保就對著憔悴的山岸明子點頭致意，默默離開。

他很後悔自己過度在意明子的美貌，或許更在意的是她是獨自撫養小孩的單身母親。都是星期六防犯協會會長他們亂講話，說什麼警察先生膽子要大，他才怕惹出事情而打算保持距離。但實際上，他應該要以駐警的身分更貼近明子，把事情問個清楚才對。

正當川久保要搭上停車場裡的警車，有名穿高中制服的女孩從暗處冒了出來。

「警察先生。」

是田代敬子，剛才她也在公祭會場裡。

敬子上前欲言又止。

「怎麼了嗎？」川久保問。

敬子左顧右盼，然後小聲說道：「我今天在學校聽到，當天傍晚阿三把機車運到上杉家。」

「怎麼回事？」

「聽說上杉偷了機車就藏在農會的倉庫後面，阿三是聽上杉的命令，把機車騎去上杉家。」

「所以機車不是三津夫偷的？」

「對，阿三不會做這種事，如果真做了，也一定是受到上杉威脅的。」

「謝謝，記得把這件事告訴他媽媽，或許能給她一點安慰。」

田代敬子站在原地注視川久保，似乎還有什麼要緊事沒說出口，川久保點頭要她說說看。

敬子又怯懦地左顧右盼，才敢小聲開口。

「有風聲說阿三是被上杉他們殺死的。」

敬子說完就轉身跑出停車場，僅留下詫異的川久保。

隔天火葬結束的時候，片桐晃進駐在所來。

「沒想到山岸三津夫會是這個下場。」

川久保說：「你聽說過和他有關的任何風聲嗎？」

「沒有，大家都很意外三津夫會跑去那裡，他偷了機車是吧？」

「我是有聽到其他說法。」

「真可憐，要是不跟上杉他們混就好了。」

「對了，第二町公墓在哪裡？」

「第二町公墓？」

片桐走向駐在所牆上貼的地圖，指著一個地方。

川久保看看位置，就在南七線路邊，剛好是那個髮夾彎和上杉家的中間，周邊有幾戶農家。

他想起星期六有人報警年輕人鬧事，但是沒有立刻趕去，報警的人說可能有人打架，但他卻被防犯協會會長拉著喝酒。

一旁的片桐看看川久保，離開駐在所。

隔天沒當班，廣尾警署的地域係派人來駐在所值班，川久保可以放一整天的假。他把業務交接給值班警察，穿著便服開自己的車前往廣尾警署。

川久保前往交通係的樓層，見到當天的年輕警察和係長宮越，他向年輕警察表示想看看山岸三津夫的死亡車禍報告書。

年輕警察姓河野，河野向宮越報告這件事，宮越臉色不是很友善，但也沒有拒絕。

報告書裡提到的報案人就是那天聽到的農家男子，他從町裡走南七線往西，路上發現有機車摔在路面之外，下車一看，機車旁邊好像還躺了一個人，再往路面外的草叢裡走去，就發現死亡的山岸三津夫。

警署接獲報案的時間是星期一上午七點四十五分，廣尾警署的警車在二十二分鐘之後抵達現場，再一分鐘之後是救護車抵達。

上午八點十分，急救人員確認山岸三津夫已經死亡，報案人於八點十五分離開現場。

報告書附有現場示意圖和十四張照片。

山岸三津夫仰躺在草叢裡，據說這是死後僵硬，遺體旁邊有一頂安全帽，頭上一點五公尺的位置有一副眼鏡，附近另外還有一副機車手套。

川久保極為嚴肅地盯著照片，或許是盯得太久，河野不禁狐疑發問：「有什麼奇怪的地方嗎？」

川久保點頭，逐一拿出照片解釋。

「之前我說過，摔車怎麼可能摔掉全罩式安全帽？」

年輕警察回答：「應該是摔得很重，不是不可能吧。」

「另外這副眼鏡是摺好的，如果是出車禍，鏡架應該會打開吧？」
「說不定碰巧摺起來了。」
「你再看看手套，難道他摔車摔斷脖子之後，自己脫掉手套？」
「或許不是當場死亡。」
「安全帽，眼鏡，手套，或許都不是戴在他身上的。」
「我不太清楚你的意思。」
「屍體是被人運來丟棄，然後這個人又丟下安全帽、眼鏡和手套。這裡不是真正的死亡現場。」
「是誰會幹這種事？為什麼？」
「因為這不是車禍。」
「死因是頸椎骨折，對機車車禍來說很常見吧？」
「練柔道的人也可以把人的頸椎摔斷。」
「你說這是凶殺案？」
宮越突然厲聲斥責：「好了，別在這裡胡說八道！」

川久保望向宮越，宮越上身挺起，似乎想叫他過去。

川久保走到宮越的辦公桌前。

宮越說了：「交通係判定這件案子沒有犯罪嫌疑，而且交通係趕到的時候你還沒來呢。」

「我是晚了一點到，因為當時奉命去了別的地方。」

「總之你不懂現場，不要隨便亂講。」

「有必要重新偵辦，這不是車禍。」

「這就是車禍，機車竊賊轉不過髮夾彎摔車，掉在草叢裡一整天才被人發現，就這樣。」

「不是這樣。」

宮越不禁大吼：「夠了！這已經結案了！廣尾警署結案了！我不准你亂搞，如果你想重辦，就用民眾身分申訴吧！」

意思是想重辦這案子，就得向北海道警察本部提辭呈。川久保深呼吸，他還沒有二選一的心理準備，現在只能先讓步，而讓步就等於承認了宮越的做法。

當天川久保回到志茂別駐在所，就詢問來值班的地域係警察。

「交通係的宮越之前也是管交通？」

對方說：「不是，今年三月之前還是旭川方面本部的設施課，待了很久，更之前是函館的防犯總務。」

「交通呢？」

「聽說是他第一次接觸。」

也就是說這個做決定的人，對車禍現場一無所知。為了減少麻煩而進行的人事大風吹，現在明顯惹出更多麻煩。

川久保對警察說：「我今天晚上要去喝酒，麻煩幫我值到早上。」

對方說：「待在駐在所連喝酒的機會都沒有，你就好好享受吧。」

町上只有三家居酒屋，川久保當晚在其中一家借酒澆愁，好久沒有像這樣喝到爛醉如泥，直到隔天要上班都覺得難過。

明子似乎接受了山岸三津夫車禍死亡的說法，再也沒有來找川久保談過，也沒有任何抗議，更沒聽過她向鄰居抱怨辦案不踏實。後來川久保有在路上見過明子幾次，她也只是落寞地笑笑。

這年志茂別神社舉辦例年的大祭典，片桐在神社境內給川久保指了幾個人，他這才第一次見到上杉那幫人。

上杉的塊頭比想像中更大，虎背熊腰，一看就像是練家子，帶著戶沼和福島兩個小弟逛攤位。

田代敬子也在人群之中，跟幾個女生朋友一起散步，女孩子們跟上杉幫碰面的時候，上杉似乎對敬子說了些什麼。敬子一聽像觸電般蜷縮起來，小跑步離開上杉那幫人，敬子的朋友們也驚恐地跟著離開。

上杉緊盯著敬子的背影，川久保雖然離得頗遠，但看見上杉的表情，立刻想像得到他為什麼盯著敬子。

川久保一直站在原地，直到敬子她們完全離開神社，而且確認上杉那幫人沒有追上去才離開。

時至九月，川久保來駐在所上任已經進入第六個月，他突然發現有兩個熟人從町上消失了，一個是山岸明子，另一個是田代敬子。

他一發現這事，便跑到社福中心的娛樂室找片桐，若無其事地打聽消息。

「最近都沒見到山岸太太，也沒有在A-COOP站收銀檯了。」

片桐聽了一臉難以置信的樣子。

「她搬回足寄的老家去啦。」

「這我沒聽說，最近的事情？」

「對，應該前兩個星期吧？三津夫的事情肯定傷她很重，也沒心力繼續工作，所以老家那邊叫她回去住了。」

川久保回想起之前山岸明子的微笑，有著堅忍不拔的毅力，以及勉為其難的落寞。

川久保又問：「好像也沒見到田代家的高中生喔。」

「她轉學了，搬到札幌的親戚家，改讀那邊的私立高中。」

「轉學？」

片桐望向他處點點頭：「對。」

「她爸媽不是還在這裡？」

「對。」片桐反問：「你習慣這裡沒有？」

「還好，都過五個月了。」

「沒什麼大案子，挺輕鬆的吧？」

川久保思考這算不算諷刺，感覺好像在說，你都來了五個月，還看不出町上出了些什麼事？

「託你的福。」

片桐面無表情地盯著棋盤，川久保摸摸警帽的帽緣，離開社福中心。

當晚，川久保打電話回札幌家裡，就只是想聽聽老婆和女兒們的聲音。那個晚上，他無論如何都想聽到老婆開朗真心的說笑。

接電話的是大女兒，口氣相當愉快。

「爸，你犯鄉愁喔？單身上任很孤單吧？」

「那當然。」川久保回答：「都快等不及下一次連假了。」

「等我學會開車，每個星期都去找你。」

「我不會在這裡待那麼久。家裡有什麼事沒有？」

「沒有啊，上個月不是才聚過？」

「如果有事……」川久保說：「就立刻找你媽談，打我的手機也行，有什麼事都要立刻找我們談喔。」

「怎麼啦？爸你沒事吧？」

「沒有，只是擔心你們，社會上有很多壞事，學校跟街上都一樣，總之你們要小心點。」

「是有什麼案子嗎？」

「沒有，沒事。」

「等一下，我叫媽來聽。」

川久保跟老婆聊了單身駐守的種種，還有小女兒的生活。

他也跟小女兒說：「如果有事就立刻打電話喔。」

掛斷之後，川久保仍緊握手機不放。

他想著老婆或女兒或許會緊接著打電話來，向他傾訴某些麻煩，當然，他並期待這樣的事情發生。過了一分鐘之後，他才放心收起手機。

九月底的星期六，農會即將舉辦豐收祭，駐在所突然接到轄區通報的車禍案件。

南七線的髮夾彎有兩輛車對撞，報案人是路過的貨車司機。

川久保立刻趕往現場，當時是下午六點半，太陽早就下山，但天邊還留有一抹晚霞。

現場馬路的兩邊各摔了一輛車，彎道內側的小汽車撞成一團廢鐵，外側則是一輛豐田高級轎車，撞得也不輕，整個車頭都撞爛了。有輛貨車停在路邊，司機一見到川久保就跑上前來。

司機說：「小汽車裡面有個人，看來已經死了。」

川久保問：「你認識？」

「對，應該是附近農家的太太。雖然臉不是很熟，但是那輛小車我不會認錯。」

「那這邊呢？」

「受傷，還有呼吸，不知道能不能動他。」

「你知道是誰嗎？」

「就上杉家的昌治啊。應該沒駕照吧？」

上杉昌治，就是他？

川久保告訴司機：「麻煩你把車頭挪一下，用車燈照那輛轎車。」

「好啊。」

司機立刻跑向自己的貨車。

川久保先去調查小汽車，拿手電筒一看，駕駛座上的婦人確實是死了，身體都被壓爛，應該是當場死亡。

接著他穿越馬路，這頭的轎車有一半撞進草原裡，擋風玻璃破碎，上杉昌治就癱在駕駛座上。他從頭到胸口一片血紅，沒有繫安全帶，下半身被撞爛的車身夾住。

川久保聞聞汽油味，不重，應該不用擔心爆炸。

駕駛座的車門半開，川久保硬是把車門扳開，上杉昌治微微睜開眼，意識應該還清楚。

「別擔心。」川久保往駕駛座裡探頭，口氣柔和：「救護車馬上到，你會沒事的。」

他把引擎熄火，伸手扶住上杉昌治的身體，上杉痛得呻吟。雖然想把上杉拉出車外，但上杉的腳被車體夾住，動彈不得。

「痛啊。」上杉說：「好痛啊。」

聲音還很有氣力，應該沒有生命的危險。

川久保再看看上杉的傷勢，臉上有很多傷痕，應該是玻璃割傷的。左耳後方流了不少血，或許是動脈被切斷了，應該快點止血，最慢三分鐘之內要止住。

川久保再次試圖把上杉拉出車外。

「痛！」上杉哀號一聲，這一動讓出血更為嚴重。

川久保靠近上杉對他輕聲耳語。

「我幫你打麻醉，你就不痛了。」

其實警察當然不會攜帶麻醉藥，也沒有法律規定警察應該帶麻醉藥。

但上杉急得說：「快，快打……」

「等等，先告訴我一件事。」

「快幫我打麻醉……」

「你是不是勒死了山岸三津夫？」

「山岸？」

「對，你們那天是不是在公墓勒死了山岸三津夫？」

「痛啊，我要麻醉……」

「別急，馬上幫你打，你們是不是勒死了山岸？只要點頭搖頭就好。是不是勒了他的脖子，不小心勒死了？」

上杉痛苦地睜開眼睛，似乎正在用朦朧的腦袋思考該不該回答。

川久保又問了一次，口氣溫柔到自己都覺得噁心。

「是不是勒死他了？」

上杉點頭，用力點了兩下。

「我懂了。」

川久保用手繞過上杉的肩膀，全力往外拉扯，上杉痛得尖聲哀號，身體被卡死在駕駛座上，但川久保還是硬把上杉往外拉。

川久保先後退幾步大喊：「幫幫忙！我要救他出來！」

然後他又死命地拉扯上杉昌治的身體，像是要把他扯成兩段，上杉又再次哀號，然後失去意識，頭旁邊的傷口血流不止。

貨車司機聞聲趕上前來。

川久保更加使力拉扯上杉的身體，同時大喊：「幫幫忙！再加把勁就能把他拉出來了！」

司機聽了就在川久保旁邊幫忙拉。

救護車和警車幾乎同時抵達，但已經是川久保抵達現場的十四分鐘後。

急救人員趕上前來，檢查依然卡在駕駛座裡的上杉昌治。

「死了，應該是失血過多……不對，是失血休克致死。」

交通係係長宮越交互看看川久保和上杉昌治，問道：「這個是誰？」
川久保回答：「上杉昌治，高中生。」
「死了？」
「我趕到的時候還活著。」
一旁的貨車司機說：「我幫忙警察先生想救他出來，可是太晚了。」
口氣相當激動。
宮越不滿地左顧右盼。
「混帳，怎麼我才來半年就有三個人出車禍死掉？真是轄區裡最糟的數字了。」
川久保搖搖頭。
「不對，兩個車禍死亡，一個被殺。」
宮越不滿傾首：「你還想扯那件案子？」
「對，聽說你之前都待在設施課，但我可是在刑事課待了十五年，我看到的可不是這樣。」

川久保轉身離開現場，接下來交給交通係處理就好，駐在所員警可以退場了。目前他該做的，只是聯絡車禍死者的家屬，請他們節哀順變，並到現場指認死者身分。

走到路上，川久保回頭看看。

宮越還盯著川久保，表情夾雜的詫異與疑惑，看來他總算了解川久保剛才那番話的意思。

川久保停下腳步，回瞪著宮越。

兩個車禍死亡，一個被殺。

這是我接受的說法，那你呢？

# 遺恨

狗沒有臉。

不對，說得更精確點是臉的形狀沒了。頭部的正中央眼前是一片血肉模糊，當然算不上是臉。

雖然沒有臉，根據剩下的軀幹與四肢，仍可看出這是一隻黃色的大型犬。這像是隻拉布拉多，但體格更加健壯，可能混了其他大型犬的血統，脖子上有個項圈，就像川久保的皮帶一樣粗。

川久保篤巡查部長蹲在狗旁邊，戴著粗麻手套撫摸血肉模糊的狗臉，鼻梁、雙眼、額頭，一帶的骨頭全都被敲得粉碎凹陷。看起來有點像被斧頭敲碎，但實際上應該是槍傷，而且是近距離的霰彈槍傷。

川久保起身看看四周。

這裡離街區五公里左右，是一片牧草地的正中央，放眼望去只有產業道路邊的四戶人家，都是酪農。附近以農耕戶為多，但就只有這一帶是酪農區，或許是地勢比較崎嶇的關係吧。從川久保的位置來看，最近的一戶酪農也有五百公尺以上的距離。

時節是晚秋與早冬之際，牧草地開始泛黃，樹木也已經落葉光禿，風景裡少了盛夏的旺盛生命力。這個景色和哺乳動物的死亡十分相稱，實際上也正好有隻死狗就躺在路邊的草地上。

「警察先生。」川久保旁邊的男子開了口。

這名男子報案說自己的狗被人打死，他姓大西，是附近的酪農，大概四十來歲。或許是劉海太長，看來還有點像學生。

川久保聽了回頭，大西又說：「我白天是都放牠出來跑，但是沒必要打死牠吧？這樣實在太殘忍了。」

川久保說：「是啊，應該不會錯看成狐狸才對。」

「也不會錯看成鹿還是熊吧？一定是看到狗貼上來，直接對牠的頭開槍了。」

這一帶不少居民為了獵蝦夷鹿而持有霰彈槍，但是槍殺寵物犬明顯違法，毀損他人財物。不對，開槍殺狗可能是重大案件的前兆，一定要找到槍擊犯，採取必要措施。

川久保摘下警帽吹吹冷風，詢問大西：「你的狗整天都放在外面跑？」

「不是整天啦。」大西試圖解釋：「只有早上放出去跑一下，牠會在附近散步個三十分鐘再回來，然後就在牛棚角落睡覺。」

「這隻狗黏人嗎？」

「黏過頭了，簡直跟陪酒小姐一樣黏，牠超喜歡撒嬌，我還沒看牠凶過人呢。」

「是母狗？」

「對，四歲的米克斯，有拉布拉多的血統。」

「身價高嗎？」

「沒有啊，米克斯都不值錢，是朋友送我的。」

「養牛的酪農應該不喜歡有狗到處跑吧？」

「不會啊，鄰居沒找我抱怨過，晚上也一定會關回籠子裡。」

「但是昨天沒有回來。」

「對，我還以為牠去哪裡闖了禍，被人家修理，今天早上出來找，沒想到卻發生了這種事。」

有輛四輪傳動車從產業道路上開了過來，川久保一看，車上有兩名男子，車子慢慢經過警車旁邊，副駕駛座上的男子似乎注意到狗的屍體，表情有些驚奇。

川久保趁機記住了車牌，是習志野的車牌，代表他們是趁現在來獵蝦夷鹿的獵人。每到這個時節，本州那邊就會有許多人到十勝地方來獵蝦夷鹿。

大西望著四輪傳動車遠去，又說話了。

「應該就是那種人開的槍，打不到鹿就隨便找東西出氣，要把子彈都打光才甘心。」

川久保說：「還不確定是怎麼回事，不過毀損財物確實違法，我能不能相驗這隻狗？」

「相驗？」

「或許狗不該說相驗吧……總之要確定死因才行。」

「你要把屍體帶去大學？」

帶廣有畜產大學，但是距離此地六十公里以上，還是運到隔壁町的合作社比較快。

「不是，我要請合作社的獸醫幫忙，能不能請你用卡車幫我運到診所？」

「可以啊，不過合作社獸醫只會看牛吧？」

「應該可以幫忙相驗才對。」

大西走向狗的屍體，雙手拉起兩隻前腳，身上的工作服立刻沾滿血跡。川久保抬起狗的後腳，發現這隻狗相當沉，應該超過四十公斤，相當於一個中學生，或者個頭較小的女人的重量。

他想起社會上流傳著一句話。

變態脫離社會體制的第一步就是殘殺小動物，最後會去殺……

希望不是這麼回事，希望這件案子只是獵人臨時起意，但願如此。

十一月某個星期的上午十一點。

川久保任職的志茂別駐在所，負責巡守人口六千人的志茂別町。

川久保之所以單身從札幌調動至此，都是因為北海道警察本部在人事上病急亂投醫。道警（北海道警察）擔心警察在同一個崗位待太久會發生勾結瀆職之情事，所以不再允許每個警察長時間擔任相同職務，或者留任相同地區，結果本部和轄區都少了專業的老練探員，也不再有熟知民情的警察。道警本部明知道會有這種結果，還是做了這套表面功夫。

這場大風吹讓札幌某個轄區警署的第一線和管理幹部發生摩擦，有四名警官辭職。在日本警界裡，管理幹部如果遭到下屬頂撞，能力就會遭到質疑。發生這件事情之後，所有警署都非常小心處理，避免任何警官辭職，所以當川久保提出要單身上任的時候，長官也只能接受。

川久保偶爾會覺得一個人扛駐在所勤務真的很辛苦，總希望有人可以在他出門的時候幫忙接電話。大城市的派出所都有配置長年任職當地的退休警官，主要工作是接受民眾諮詢，不過想要人力就要有財力，這種小村子的駐在所不可能有錢多請人。如果這個駐在所的事情多到一個人做不完，廣尾警署或許會考慮增派人員，但目前只能祈禱不要發生什麼大案子。

從合作社的家畜診所回到駐在所之後，川久保打電話給廣尾警署。主管單位地域係的係長聽完川久保的報告後說了。

「又不是什麼純種名牌狗，不就是隻雜種狗？獵人路過打死一隻雜種狗，哪需要我們出馬？」

一聽就知道他嫌麻煩。

川久保說：「兇手用的是霰彈槍，應該要生活安全係出馬才對。」

「今年熊出沒次數多，可能要請本地的獵友會幫忙，即便找到了兇手，還不就口頭嚴正警告沒事了？」

「可是……」

係長口氣強硬，拒絕進一步對話。

「你就先讓人家報案，我看看生活安全係的狀況再跟他們講。」

川久保氣呼呼地掛上電話，這下只好跟大西說案子短期內不會有動靜了。

打了電話給大西，他的口氣相當失望。

「好吧，我明天就報案。」

川久保試圖安慰：「我也會去附近打聽，或許會有消息。」

「有了消息會怎樣？」

「或許長官會決定好好偵辦。」

「如果是在附近打聽消息，交給我搞不好比較快。」

「大西先生本人打聽，可能不方便吧。」

「警察不做事，只好自己來啊。」大西口氣酸溜溜：「我自己負責處理。」

川久保覺得大西把氣出在自己身上，但也莫可奈何。

拿出本地獵友會的名冊一看，有十六個會員，但不是只有獵友會會員有槍，所以町上應該有更多擁槍人。擁槍人的名冊與文件，都鎖在廣尾警署生活安全係的櫃子裡。

他在地圖上標出獵友會會員的住址，大西的牧場附近有四個會員，決定先去問問這四人。

第一個是最靠近狗屍現場的酪農戶，姓木崎。

木崎帶川久保到牛棚旁邊的辦公室，請他坐下。

川久保說了大西養的狗被霰彈槍打死，然後提問：「這是昨天發生的事情，那時你聽見霰彈槍的槍聲嗎？」

「這個……」木崎看來六十多歲，摸著灰白的鬍碴說：「我在開機器，沒聽見什麼。」

「看到獵人了沒有？」

「人家要是沒掏槍出來，我怎麼知道是不是獵人？」

川久保認為獵人應該有特別打扮，但還是換了個問題。

「附近應該很多人家有霰彈槍吧。」

「有啊，我就有。」

「木崎先生也有。」

「對啊，以前牛病了都是自己解決掉，我想現在應該不會追究了吧？畢竟當時又沒有什麼專門處理廠，只好用槍啦。」

「最近用過嗎？」

「今年還沒有，我打算過陣子去大津獵個野鴨。」

川久保再次改變問題。

「話說大西先生養的狗有騷擾過附近的鄰居嗎？」

「沒有啊，我家兩隻狗白天也都放在外面跑。」

「大西先生的狗有沒有跟別人發生過糾紛？」

「狗的事情我不敢講，」木崎意有所指地說：「但是酪農的脾氣都很硬。」

「你是說大西先生脾氣硬，愛找麻煩？」

「我沒這麼說，只是你去跟鄰居打聽我這個人，應該也有幾句不好聽的話。」

看來確實有發生過糾紛，只是不知道是針對大西或這整個地方。

川久保拜訪的第四戶酪農規模頗大，有成排水泥牆和鐵皮屋頂，看起來像是一座工廠，可以養兩百頭以上的乳牛。用地入口有塊招牌，農業生產法人．篠崎牧場。

牛棚對面有兩座看似民宅的建築，都是和洋合璧風格，看起來不太漂亮。眼前這棟比較大，後面那棟比較新，兩棟之間有小水池和日式庭園。

眼前這棟屋子門口停了輛白色賓士轎車，後面那棟屋子門口停了國產的銀色四輪傳動車。

牛棚旁邊有個年輕人推著單輪手推車，帽子的帽緣壓得很低，身穿連身工作服，腳上是酪農用的白色膠靴。

川久保停了警車下車，向推車的年輕人問話。

「我是警察川久保，篠崎先生有在嗎？」

年輕人停下腳步猛搖頭。

「不知道，不懂。」

他沒聽清楚問題嗎？接著川久保才發現，這人可能是外國人，聽不懂日文。

川久保只好揮手示意他離開，然後走向眼前的屋子。屋子有塊門牌，寫著有限公司篠崎牧場，看來這裡是主宅兼辦公室。

才走到門口就聽見門裡傳來爭吵聲，川久保停下腳步豎起耳朵，聽不清楚爭吵的內容，只知道是兩個男人在爭執，而且相當凶悍。

該不該開門呢？雖然聽起來像在怒吼，但還沒傳出打鬥聲，應該不是什麼緊急狀況。現在衝進去可能有點尷尬，所以川久保摘下警帽搔搔頭，到處看看。

廠區後方是一座鋼骨結構的巨大牛棚，牛棚後方好像在做什麼工程，有推土機運作的跡象，是打地基之類的嗎？

更後方有名年輕男子開著怪手正在挖洞。

難道是要丟廢棄物？

嚴格來說，工程產生的產業廢棄物必須依法處理，不能隨便挖洞埋掉，隨意棄置是違法行為。

但是酪農戶應該經常這麼做，剛才木崎也說過以前處理病死牛隻都沒有經過處理廠，或許駐在警察不應該太嚴格取締，至少現在不合適。

住家裡的怒罵聲嘎然驟止，門口似乎有人要出來，川久保立刻後退幾步。玄關的拉門被拉開，出現一名男子，氣得臉紅脖子粗，但一見到川久保就嚇得站住腳步。男子身穿灰色工作服，深藍色防風外套，腳上是橄欖色膠靴，或許他喜歡釣魚。

川久保問：「篠崎先生嗎？」

對方臉色依然很難看：「我是篠崎章一，還是你要找我老爸？」

「找這裡的戶長。」

篠崎章一哼了一聲：「篠崎征男在辦公室裡，我老爸怎麼啦？」

「沒事，只是附近有隻狗被打死，我在問鄰居有沒有聽說什麼。」

「狗被打死？被槍打死？」

「霰彈槍。」

「搞不好是我爸幹的。」

川久保詫異地問：「真的？」

對方連忙搖頭：「沒有沒有，開玩笑的。」

篠崎家的兒子走向四輪傳動車，川久保則拉開了辦公室的大門。

大門裡面是風除室（註：避免內外空氣劇烈流動的緩衝空間），風除室後面的門廳不需要脫鞋，中央有座煤油爐，後方牆上掛著公鹿頭標本。

辦公室裡面有個滿臉通紅的壯漢，年紀大概快六十，看起來也是火氣未消。

川久保自我介紹，對方的臉色才總算緩和下來。

「我是篠崎，之前也在町裡的同樂會上見過警察先生。」

不記得，因為當時町上至少有五十個大人物給過他名片。

川久保開始寒暄。

「這牧場好大啊。」

「是啊，有兩百二十頭乳牛，我們應該是町裡最大的農業法人吧。」

「外面做事的是外國人？」

「對，中國來的。」篠崎征男連忙辯解：「他可不是非法居留，是合格的實習生喔。我這裡有三名，他們怎麼了？」

「沒事，我不是要找他們。」

川久保大致描述附近有狗被槍殺的事情，然後對篠崎問了今天的第三次：「這裡有霰彈槍嗎？」

篠崎征男肥厚的嘴唇拉起一角。

「霰彈槍我也有，也會去獵鹿。槍在這裡一直都算是必需品，直到最近才慢慢退燒，不過應該還是很多人家裡有槍，仔細找找一定會挖出來。」

「你有聽說大西家的狗惹過麻煩嗎？」

「沒有，他家有養狗喔？」

「有，黃色的大型米克斯。」

「沒聽說過。」

「那有聽說大西先生本人與誰鬧過糾紛嗎？」

「沒聽過，畢竟他是農會的理事，也是附近聲望最高的人。」

「如果聽到什麼消息可以聯絡我嗎？雖然只是毀損財物罪，但用到霰彈槍就讓我有點擔心了。」

「可以，我也不希望這附近太危險，警察先生最好可以常常來露臉啦。」

「我盡量。」

川久保起身，老實說今天打聽消息並不是為了破案，只是要告訴附近居民，警方很重視狗被射殺的案件。總之這樣應該就夠了。

川久保戴上警帽，告別辦公室。

這個時期的太陽下午四點就下山，川久保在天黑之後前往駐在所旁邊的社福中心，那裡有人熟知町上所有情報，有點事情必須請教他。

片桐義夫一如往常，獨自在社福中心的娛樂室裡研究棋譜。

川久保慢慢走進娛樂室，片桐看了他一眼，冷冷地說：「這次又是什麼案子？」

川久保坐在片桐對面，說了大西的狗如何遇害，片桐邊聽邊盯著棋盤。

川久保做出結論：「這個季節可能有本州來的獵人惡作劇，我覺得這最合理。」

片桐的反應卻令人意外。

「難說，大概二十年前也有過一樣的事情。」

川久保訝異地問：「一樣有狗被槍殺？」

「對。」

「請仔細說給我聽。」

「細節我也不太清楚，只知道狗被槍殺，但是沒有成案，最後連是誰下的手也不知道。」

「是誰家的狗被槍殺了？」

「町議會的男議員，已經不在町上了。」

「所以是政治案件？」

「不知道，只是你提到大西先生的狗，我碰巧想到罷了。」

意思是這個地方就是會發生這種事？畢竟病牛也是用霰彈槍處分掉了。

川久保又問：「大西先生人怎樣？評價如何？是愛引起糾紛的人嗎？」

「這個呢，他這人該堅持的就會堅持，那種個性很難在這種小地方生活吧。」

「所以大西先生跟鄰居的關係不好？」

「我想也不算關係不好，但是他是新農民，十五年前才接手一個廢棄農家，或許還不熟當地習俗吧。」

「我是聽說他聲望很高，還當過農會理事對吧？」

「因為他是讀書人。」片桐提到札幌某間農業大學的名字，說大西就是那間大學的畢業生。「就是新型的智慧農民啦。」

說到這裡，片桐似乎又想起什麼。

「好像有誰說過，大西先生在農會開會的時候跟篠崎先生吵過架？」

「為什麼吵架？」

「吵中國實習生的待遇。」

川久保想到篠崎提過自己雇用了中國實習生，那個在牛棚邊推單輪車的年輕人應該也是中國實習生。

「待遇有什麼問題嗎？」
「聽說大西先生問待遇會不會太差，篠崎先生氣得火冒三丈。」
「是薪水太低嗎？應該符合最低工資法吧？」
片桐搖搖頭。
「中國實習生的月薪只有四萬日圓，如果只是實習，薪水低也沒關係，但是他們都是勞工而不是實習。就算附吃住，月薪四萬哪有日本人要幹？」
川久保心想，如果日本人來做相同的工作，月薪最少也要十二、三萬，就算免費提供吃住，對資方來說還是很好的條件。
片桐說：「而且說是月薪四萬，實際上拿到的只有兩萬，另外兩萬由實習單位保管，回國的時候才會在機場交付款項，怕這些人半途偷跑變成黑工。」
川久保想起日本一個老名詞「章魚屋」，這是戰前存在於北海道的傳統制度，勞工薪水極低但工作極苦，所以別名「監獄屋」。
「實習生想爭取更好的工作條件和待遇，政府就會派人調查實習單位，但是調查費用以實習生被扣留的薪水來支付。所以就算實習單位很過分，實習生也不敢多嘴。」

這還是第一次聽到，川久保又問了。

「大西先生把這件事情鬧大？」

「對，他質疑不該用這種勞動力務農，篠崎先生則說當事人都同意，輪不到大西插嘴。篠崎先生火氣又大，聽說當時雙方差點打起來呢。」

「篠崎先生火氣大？」

「只要三杯黃湯下肚，就沒人敢靠近他。」

篠崎說大西沒惹過任何麻煩，代表他在說謊，看來要好好注意他的行動。

片桐又說：「大西先生還爆料，說篠崎先生都不讓實習生離開牧場，即使假日也不能開車出去。實習生沒車等於沒腿，沒有篠崎先生開車，哪裡都去不了，而且那裡還禁止實習生跟其他町裡的實習生聯絡。秋天農會要辦節慶，大西先生叫篠崎先生讓實習生一起慶祝，你知道篠崎先生怎麼回答嗎？」

「他說什麼？」

「他說啊，如果讓這些人到町上發現超商徵打工的傳單，時薪竟然有六百五十圓，他們肯定都溜啦。」

「他們什麼時候差點打起來？」

「大概一年前吧？大西先生從今年春天開始一直主張要真正接納中國實習生，改變傳統的做法。」

「針對篠崎先生？」

「有他，也有對整個農會。」

「農會的反應怎樣？」

「這一帶的酪農幾乎都是夫妻檔在經營，用不到實習生。」

「所以這個糾紛主要就是大西先生跟篠崎先生之間的事情？」

「如果算得上糾紛的話嘍。」

「這件事情後來鬧大了嗎？」

「這個嘛，其他我就不知道了。」

看來片桐確實不知道更多內幕，但剛才問到的事情已經相當充足，等警方開始偵辦槍砲和毀損財物的案子，應該能幫上忙。

兩天之後的星期三，之前的早春氣候突然變成強風夾帶飄雪，川久保冷得醒了過來，發現昨天晚上煤油爐的火已經完全熄掉了。

走到起居室的窗邊看看室外溫度計，零下二度，難怪這麼冷。當他拿著水壺要去瓦斯爐煮開水，電話就響了。

拿起話筒一聽，是轄區廣尾警署地域係係長打來的電話。

「志茂別有傷害案，被害人說不定已經死了，刑警係已經趕過去，你也去現場看看。」

聽說有人打一一〇報案，報案人是志茂別町的篠崎章一。

川久保聽了大吃一驚，不就是前天才拜訪過的酪農戶嗎？

係長又說，篠崎章一今天早上起床，在客廳發現父親倒在血泊之中，似乎是被利刃刺傷，扶起來一看已經失去意識了。

係長接著說：「篠崎牧場本來有三名中國實習生，突然都失蹤了，而且牧場有一輛車子失竊。」

聽起來好像已經確定誰是兇手一樣，那三個實習生跟被偷的車想必也被通緝了。

川久保關好瓦斯，在制服外面多套了一件冬季的黑皮大衣就離開駐在所，看來咖啡跟早餐要等等了。

來到篠崎牧場，進入辦公室。

辦公室裡一片凌亂，看來確實很像被人搶過。

篠崎家的兒子正在角落的辦公桌邊打電話，應該是找人來幫忙農作，但是聽來因為事發突然，附近的酪農都不願意來支援。

章一打完電話之後轉向川久保說：「我老爸在裡面的臥室，已經叫救護車了。」

章一身穿藍色工作服，袖口與胸口都是血跡，腳下則是酪農用的白色膠靴。

「你爸的狀況怎樣？」川久保問，同時瞥見辦公室後方的門沒關，裡面的走廊上有幾處血跡。

章一說：「渾身是血，我扶他起來的時候感覺身體都涼了，可能沒救了吧。」

救護車的警笛聲逐漸接近，應該是從廣尾趕過來的。

「還有沒有別人到過現場？」

「就只有我。」

「其他家人呢？」

「我媽上就去了札幌，現在只有我跟老爸。」章一指向窗外：「我都睡在那邊，直到今天早上才發現這件事。」

該去臥室看看，還是該保全現場呢？川久保有些猶豫，如果章一說得沒錯，人已經死了，那麼駐在警官最好不要破壞現場。

救護車很快就抵達辦公室門前，一陣喧鬧之後有兩名急救人員衝進來。

章一起身對急救人員說：「在這裡，麻煩了。」

川久保跟在章一和急救人員後面，在辦公室脫掉鞋子走上走廊，通往篠崎征男出事的臥室。

臥室門沒關，急救人員到了門口突然驚呼一聲。

有個人呈現大字型倒在棉被上，整張臉都被砸爛，鮮血四濺。川久保回想起之前見到的狗屍體，突然嘴裡一陣酸苦，忍不住板起臉來。

章一想跟著急救人員一起進臥房，但川久保拉住他的肩膀。

「你留著吧。」

章一乖乖聽話。

急救人員蹲在篠崎征男身邊，年長的那個看看就說：「已經沒氣了，就讓他躺著吧。」

急救人員看看沾了血跡的襪子，離開臥室。

川久保問：「實習生們什麼時候失蹤的？」

章一回答：「昨天吧？有輛小車不見了。」

「辦公室裡有東西被偷嗎？」

「手提保險箱不見了。」

「何時發現的？」

「打電話報警之前，大概二十，頂多三十分鐘前吧。我先發現辦公室被翻得亂七八糟，連忙到和室一瞧，就發現老爸他……」

章一說到這裡，默默搖頭。

四分鐘後，廣尾警署的探員抵達牧場，領隊應該是刑事係的池畑警部補。記得他到廣尾警署上任第三年，對刑案應該不算陌生，但不知道有沒有接過凶殺案。年紀看來還不到四十，這麼年輕就當上警部補，肯定很會考試。

池畑等六名探員一到臥室門口，不禁低吟。

急救人員對池畑說：「已經死了。」

「死因呢？」池畑看著臥室內的狀況問。

急救人員不開心地說：「臉都爛了還用問？」

似乎是說這根本不需要追究死因，看了悽慘的兇案現場，任誰都耐不住性子。

池畑又問：「估計的死亡時間是？」

「根據死後僵硬的狀況，應該七到八小時，或者更久。」

「昨天死的啊。」池畑看看手表說：「那早就跑遠了。」

看來廣尾警署刑事係已經咬定三名失蹤的中國實習生就是兇手。

池畑望向川久保，川久保報上名號，然後指著身邊的篠崎章一。

「這是第一個發現者，也是被害人的兒子。」

「辛苦啦。」池畑說：「麻煩封鎖牧場大門，不准人車進來，等地域係的人來了再換班吧。」

「遵命。」川久保說了就離開。

如果這裡不需要制服員警，那就別等長官指示，快快離開就對了。

回駐在所的路上，川久保碰見廣尾警署的第二波警車。

三小時之後，釧路方面本部的支援警力抵達現場，並傳達廣尾警署成立了搜查本部，警方也開始在篠崎牧場附近打聽消息。

中午，川久保在駐在所吃便當的時候，收到了廣尾警署的聯絡。

廣尾警署的搜查本部還是將三名失蹤的中國實習生當成重要參考人，並發布通緝，這三人可能還沒跑遠，就躲在町附近或十勝地方，所以指示所有警力強化盤查可疑人物與外國人。

當天下午大批媒體趕到，在篠崎牧場周圍到處採訪，川久保就看到電視記者在町公所和農會前面採訪。或許晚上的電視新聞就會出現煽情的報導，標題是「平靜農村發生恐怖案件」之類的。

下午六點，川久保再次前往社福中心找片桐。

片桐正準備收棋盤，而娛樂室裡面也沒有其他人了。

川久保坐在片桐面前，給他一罐剛才從超商買來的瓶裝烏龍茶。

「聽說了嗎？」

片桐點頭：「這案子可真嚇人啊。」

「你怎麼看？」

「不怎麼看，我什麼都不知道，不能隨便亂講話。」

「之前有過這種事情嗎？」

「你是指有外國人嫌犯這件事？」
「對，什麼人都好。」
「沒有，這一帶最近幾乎都看不到外國人。中札內是有菲律賓酒吧，也有英國籍的外語老師，聽說還有中國實習生，但是町上都沒見過，就這樣了。」
川久保換了個問題。
「篠崎牧場的家庭狀況是不是很複雜？」
「你聽說了什麼？」
「沒有，只是猜測，章一先生跟他爸爸處得好嗎？」
片桐東張西望，似乎想確認娛樂室裡沒有其他人。
「現在已經沒有人談這件事了。」片桐壓低嗓門：「既然篠崎先生都死了我就告訴你，聽說章一其實不是他親生的。」
「是真的嗎？」
「我不是很確定。」
片桐說章一是篠崎跟前妻生的孩子，但是前妻被婆婆欺負，三天兩頭就回娘家，章一卻在這段時間內出生。章一六歲的時候這位前妻過世，表面上的說法是車禍，但當地民眾都知道其實是自殺。

後來篠崎又討了個老婆，跟第二任生了兩個孩子，現在都在札幌念書。

「老二優秀多了。」片桐說：「考上了北大，現在在念研究所，聽說還去過美國留學。」

川久保又問一次：「那章一先生跟他爸爸處得好嗎？」

「難講。」片桐說：「我年輕的時候在那一帶送信，每次見到章一都是渾身髒臭，沒人疼的樣子。」

「他不是老大嗎？爺爺奶奶不是都很疼長孫嗎？」

「沒有，爺爺奶奶都不疼他，篠崎先生也聽了那個傳聞，誰知道會不會疼這個兒子？尤其第二任生了老二之後更是偏心，任誰看了都會懷疑章一不是親生的。」

「章一先生應該沒學壞吧？」

「篠崎都是用拳頭教小孩，章一應該怕得不敢學壞吧。」

「他現在看起來過得還算優渥喔。」

「他爸不知道哪根筋不對，幾年前開始對章一有求必應，吃喝玩樂、買車貸款，人家都說篠崎先生總算開始疼兒子了。」

「但是篠崎先生死後，應該是老二繼承農場吧？」

「可惜老二沒打算繼承。」

「前妻為什麼會自殺？」

「詳情我不清楚，聽說是精神崩潰跳水自殺，牧場後面有條河，她好像就是往裡面跳。」

「死於非命的人應該會接受司法解剖吧？」

「應該有。」

「什麼時候的事情？」

「大平總理是哪一年死的？」

「就是那一年？」

「還是同一個月。」

「應該是昭和五十五年左右？」

「就那個時候。」片桐說了又問：「這些事跟篠崎先生的凶殺案有什麼關聯？」

川久保搖搖頭：「沒有，只是我個人好奇，不算辦案。」

「不算辦案？」

「畢竟我是制服員警，不能辦案。我只是盡駐在警察的責任，盡量蒐集當地的小情報而已。」

「這有幫助嗎？」

「或許探員們會有不一樣的發現吧。」

川久保道謝之後離開社福中心。

才回到駐在所，立刻就有兩名便衣員警上門，他們是釧路方面本部刑事部搜查一課探員，以及廣尾警署刑事係強行犯承辦探員，剛打聽完消息要休息。一個是四十多歲的幹練警部補，另一個是看來快退休的巡查部長。

川久保請兩人坐下，然後去泡茶。

「案子怎麼樣了？」

方面本部的警部補回答：「計畫性的謀殺，實習生的東西全都不見了，連護照也找不到，應該早就有逃亡準備了。」

「所以確定是謀殺？」

「或許這麼說還太早，因為臥室裡的被害人整張臉被砍爛，如果沒有中國人涉案的因素，我會說是仇殺。」

「凶器是什麼？」

「掉落在現場的開山刀。」

廣尾警署的探員說：「真正下手的應該只有一個，因為現場只有一對鞋印，另外兩個人應該趁機搜刮辦公室去了。」

警部補接著說：「兇手身上沾了不少血，應該連鞋子上都是血，但是牧場裡卻沒有見到其他血跡，如果他們逃的時候渾身是血，找起來就輕鬆多了。」

說完，警部補問川久保：「你對這裡熟嗎？那夥人已經逃到町裡了嗎？」

川久保搖頭：「我想他們根本沒去過町上，因為被害人之前根本不讓他們離開牧場。」

「那就是說他們還沒跑遠，應該也不太會開車才對。」

「他們應該有在牧場裡操作過重機具跟曳引機。」

「總之還在北海道就對了。」

兩名探員喝完川久保泡的茶，起身準備離開。

「好，差不多該回去工作啦。」

兩人走出駐在所，坐上停車場裡的警車。

川久保打電話給廣尾警署，詢問昭和五十五年當時駐守在志茂別町的警察姓名，以及這人的聯絡方法。這時候當班的人已經下班，幸好值班員警願意幫忙查詢。

五分鐘後，承辦人回了電話。

昭和五十一年到五十七年之間，有位巡查部長在駐在所任職，承辦人說了他的名字，但他已經在昭和六十二年退休，目前的聯絡方式則不清楚。

如果是昭和六十二年退休，現在可能已經駕鶴西歸了。川久保隨手抓來紙條，記下這位駐在警察的姓名。

看看時鐘已經七點，川久保搭上警車，希望在今天之內跑最後一個地方。

晚上七點多抵達大西的牧場，進入牧場剛好碰到大西，他才擠完牛奶從牛棚出來。

「能不能借用個五分鐘？」川久保說。

大西把川久保帶到牛棚旁的小屋，裡面有桌子和兩張椅子，應該是牧場的辦公室兼休息室。

川久保摘下警帽，與大西面對面坐下。

「警方應該找你問了不少問題吧？」

大西搖搖頭：「沒問多少，只問昨天晚上有沒有發現什麼怪事，有沒有看到可疑車輛之類的。」

「大西先生見過那些中國人嗎？」

「只有遠遠看見過，長相不清楚。」

「也沒講過話？」

「沒有，篠崎先生連町裡的節慶都不給實習生參加，就算碰到假日，他們也只能在牧場裡發呆休息。」

「失蹤的那三個人在那裡工作多久了？」

「他們應該才來半年，之前的實習生應該做了兩年。」

「聽說你曾經跟篠崎先生爭論過實習生的待遇？」

大西一聽就提高戒心。

「怎樣，你懷疑是我幹的？」

「不是，我沒那個意思，只是想知道篠崎先生對實習生的看法。」

大西傾首不解：「什麼意思？」

「他覺得實習生幫了牧場大忙，還是覺得實習生都是垃圾？」

大西思考片刻之後才回答。

「我記得他說實習生都是錢奴，而且不是說所有實習生，就專指中國實習生。如果讓他們出去跟其他國家的實習生交流，發現待遇有任何差異，他們就會要求相同待遇，或者另外支付費用什麼的。」

「所以他跟逃走的實習生曾經為錢有過爭執？」

「這我沒說。」說到這裡，大西突然想起什麼：「啊，對了。」

「怎麼？你想起什麼？」

「之前跟他爭論的時候，他有提過我家的狗。」

「他怎麼說？」

「他說就算是自己養的狗，也應該好好關在牧場裡才像話。」大西邊說邊點頭：「雖然我沒證據，但是篠崎肯定打死了我家的狗，他一直很討厭我的狗，現在想起來準沒錯。」

篠崎征男對川久保說不知道大西有養狗，如果這是謊話，他確實值得懷疑。

川久保抓抓頭：「如果你早點想起這件事，或許我當初可以問他不一樣的問題。」

「沒關係啦，他都死了，就別計較了。」

川久保換了個問題。

「話說町裡有誰清楚篠崎先生過世的前妻？」

「前妻？那是很久以前的事情了吧？你應該還沒來上任。」

「你有聽說些什麼？」

「不就是車禍嗎？」

看來這個說法比較根深蒂固，川久保也不打算向大西多問些什麼。

正要離開的時候，卻被大西從後面喊住。

「曾經待過這裡的白石大哥應該比較清楚，他以前跟篠崎先生的爺爺很熟，但是現在不務農，住在本町的公宅裡。」

「你說白石先生？」

「白石善三先生。」

「希望他還活蹦亂跳的，幾歲了？」

「今年應該七十五、六了。篠崎先生的前妻過世，跟今天的案子有什麼關係嗎？」

川久保搖頭回答：「沒有，只是我這個小警察好奇。」

白石善三住的國宅就在街區的中學旁邊，是數排連棟的平房，這町上沒有繼承人的農戶放棄務農之後，通常會搬進街區靠年金過生活，白石善三就是其中之一。

川久保上門拜訪，白石善三夫妻倆雖然詫異，還是請川久保進起居室。

白石善三也聽說了篠崎被殺的案子。

「你要問我那件案子？」白石善三問。

「是。」川久保回答。駐在所警察並不負責辦案，但警察機構也不會到處強調這件事情。「我有點在意篠崎先生的前妻，今天打聽之後，發現前妻的死因有好幾種說法。」

白石善三也提了跟片桐、大西一樣的問題。

「跟今天的案子有關嗎？」

「我只是想知道真相，究竟是不是車禍？」

「好吧，我想鄰居心裡多少都明白，其實不是車禍，是跳水自殺，就在牧場後面的溼地裡。」

「溼地的水有那麼深？」

「看地方嘍。」

「有發現遺書嗎？」

「這我就不清楚了。」

白石善三把當時的事情記得很清楚，描述過程中完全沒有停下來回想。

篠崎的前妻叫做菊江，出身帶廣近郊的農家，與篠崎相親結婚。篠崎很高興可以娶到菊江，但菊江跟婆婆合不來，經常逃回娘家，最後還希望可以離婚。篠崎並不答應離婚，但是老婆不斷回娘家，最後只好提出另外蓋房子分居的條件，才把菊江勸回來。沒多久，章一就出生了。

後來就有人流傳章一並不是篠崎的親生兒子，白石也不知道這是真是假，不過他覺得放風聲的人可能是篠崎的媽媽，因為傳言裡面有些事情只有家裡人才會知道。

最後這風聲傳到篠崎耳裡，夫妻關係突然變得非常惡劣，篠崎的媽媽對媳婦的態度更加惡毒，菊江忍不住對外面的人提出想要離婚，搬回娘家住。

篠崎征男則是開始花天酒地，牧場工作結束之後就跑到帶廣喝酒，喝到隔天要擠奶了才回來，應該就是那個時候認識了現在的老婆。

白石說：「當時前妻的心理應該就不對勁了。篠崎根本不管小孩，牧場的工作也亂做一通，還好幾次偷東西驚動警察。又因為聽說章一不是自己親生的，一點都不疼他，章一小時候應該過得很苦才對。」

那年夏天，所有人都覺得篠崎夫妻應該要分了，篠崎牧場卻在某個早上發生火災，起火點是篠崎父母住的房子，附近三家農戶看到濃煙連忙趕過來。

聽說火是菊江放的，卻沒見到菊江本人，大家急忙滅火之後，開始分頭找人，最後篠崎在牧場後面的溼地發現菊江已經陳屍水中。

當時的駐在警察當然也在場，但是根據鄰居的證詞，認為是很合理的自殺案件，也就沒有朝犯罪方向去偵辦。

篠崎的婆家在喪禮上說媳婦死於車禍，但附近鄰居都知道事實，大概只有與篠崎家沒往來的出席者會相信婆家的說法。後來鄰居也不提自殺的事情，所以現在只有當時的老人家才知道菊江是自殺了。

前妻過世半年之後，篠崎再婚，娶了帶廣某家車商的門市小姐，第二任馬上就生了孩子，先生男再生女。兩個孩子現在都離家住在札幌，女兒已經結婚，老二差不多要研究所畢業。至於篠崎的父母，則是在幾年前相繼過世。

章一高中畢業之後也曾經離家出走，不知道在哪裡幹些什麼，但是三年之後回家來，成為牧場的主要勞工。但是他跟爸爸還是合不來，可能是從小不得疼，依然懷恨在心吧。

聽到這裡，川久保詢問白石：「聽白石先生這麼說，菊江女士自殺好像有什麼隱情？」

白石一臉為難。

「我有這麼說嗎？」

「有，白石先生應該不相信是自殺吧？」

白石又做出為難的表情，然後說了：「反正篠崎先生都死了。」

「所以應該可以說吧？」

「好吧。」白石的語氣稍微低沉了些：「那件事情發生之後，鄰居間就流傳出一個說法，應該算八卦吧？」

「怎麼樣的說法？」

「就是那天早上大家出去找人的時候，篠崎把菊江給殺了。畢竟自己爸媽住的地方被縱火，篠崎這個人火氣又特別大是不是？滅了火之後，大家分頭要去找菊江，不是去樹林就是去河邊，就是擔心菊江會不會跑去上吊。到了傍晚，篠崎才大喊說找到人了，大家聽到趕去溼地裡，菊江就已經死了。我有看到了屍體，但是我這個外行人看不出死了多久，也沒能去碰看看。」

說到這裡，白石驚覺自己太多嘴了。

「再重申一次，我說的這些，連八卦都算不上，只是有人事後覺得有這種可能。反正警察也驗過屍，應該就是自殺了。不過駐在警察應該都知道他前妻有嚴重的精神問題，不管菊江縱火還是幹了什麼事，反正人都自殺了，警察應該就不用回去翻舊案啦。」

「駐在警察無權決定要不要翻舊案。再說只要有人死於非命，應該就要進行司法解剖才對吧？」

「這我不知道，反正醫生說是溺死，駐在警察只要不往上報，應該就不成案了吧？」

保險起見，川久保繼續追問：「所以風聲也包括駐在警察私自搓掉了殺人案？」

「這我沒說，畢竟只是事情過後的閒話罷了。不過就算是這樣，在以前也沒什麼稀奇的。」

「駐在警察私了？這只是傳聞吧？」

「當時的駐在警察會在同一個地方待上七、八年，同一個地方待久了就不會守規矩。」

「我不敢相信。」

「會嗎？三十年前，不奇怪吧？我想其他地方應該也差不多。」白石提到本地出身的已故國會議員，又說：「那個人是上吊自殺，但是道警一開始的說法是心臟衰竭猝死，後來事情壓不住了才承認是自殺。既然本部都習慣這樣搞了，駐在警察當然也跟著搞，很合理吧？」

川久保無法回答，只好換個問題。

「話說章一先生在家裡的地位如何？牧場應該由他繼承吧？」

「應該會吧。」白石說：「老二應該會去札幌或東京的公司上班。」

「篠崎先生過世，目前的狀況會有什麼變化嗎？」

「這個呢，章一可能會把牧場給賣了，把錢分一分了事，他這人不太喜歡酪農業。」

白石停下來喝了口茶繼續說。

「大西先生還在當農會理事的時候就反對雇用中國實習生，這下一語成讖了。」

川久保心想，大西反對的理由並不是這個，而且這案子也還不確定是中國實習生所為，搜查本部的看法有些武斷。只要能夠盡快抓到這三個實習生，搜查本部應該就知道自己搞錯了。

但轉念一想，又有不同看法。

就算實習生堅稱自己無辜，搜查本部可能還是會拿他們定罪，因為這案子太過簡單明瞭，又有公評，對警方來說是個「賺分數」的好案子。

川久保回到駐在所寫日誌，但未提到自己打聽篠崎凶殺案的經過，因為他不是搜查本部的參與成員，只是當地的駐在警察，制服警員不該做這種事。

離開辦公室走進起居室，打開電視來看，剛好在播放地方新聞，內容就是志茂別町的凶殺案。

案子被定名為牧場主人凶殺案，應該是搜查本部取的。

電視影像是警察白天在篠崎牧場裡蒐證，然後鏡頭拉遠，拍出整座篠崎牧場，再拍出整個町的酪農區。

年輕女記者負責旁白。

「祥和酪農區發生慘案，警方認為從牧場逃走的中國實習生與案件有關，正全力追緝中。」

實際上已經咬定是實習生殺的了。

川久保拿起遙控器轉到其他電視台，另一台也在報相同的新聞，但是有轉播車開到廣尾警署，有個男記者正在轉播。

還有一台訪問了當地居民的想法。

中年婦人對著鏡頭說：「好可怕喔，以前都沒發生過這種事情呢。」

接下來拍到一個白髮老先生，正是防犯協會的會長吉倉，他說：「我一直擔心哪天會發生這種慘案，真是心力交瘁啊。」

川久保從起居室走到廚房，拿出冰箱裡的啤酒，打開瓶蓋。

隔天又有更多媒體來到町上，看來已經成了全國性的大案子，町裡到處都是扛著攝影機的攝影師。川久保巡邏的時候，也看到札幌電視台的轉播車停在農會辦公室前面。

川久保在駐在所看了NHK午間新聞之後，前往町上的飯館吃飯，停車場已經停滿了陌生的車輛。其實他平常不是叫外賣就是買超商便當，但今天他想看看町裡的狀況。

打開飯館的門一看，高朋滿座，六張桌子和小包廂都沒位子，一看就知道他們是電視台的人。

老闆娘捧著托盤對川久保說：「警察先生不好意思，我們客滿了，能不能等等再來？」

嘴上這麼說卻笑盈盈的，應該是生意興隆的關係。

川久保點頭離開飯館。

當天晚上是篠崎征男的守靈夜，遺體已經在帶廣市立醫院做完司法解剖，運回家裡，守靈和隔天的告別式都在町上的禪宗寺廟舉行。

因為案子鬧得很大，參加公祭的人當然也多，停車場想必不夠停，還會阻礙周邊交通。所以警署雖然沒有特別指示，川久保還是晚上六點就到寺廟裡，跟葬儀社員工討論如何紓解車潮，方法是默許附近的路邊停車，彼此心照不宣。

守靈從晚上七點開始，但六點多停車場就滿了。除了町裡的仕紳、附近的農戶，還有從隔壁町，甚至從帶廣市跑過來的人。

守靈開始十五分鐘後，川久保穿著制服進入大殿後方的靈堂，裡面非常悶熱，大概有兩百多人坐在摺疊椅上。

川久保趁上香的時候瞥了家屬席一眼，最前排是幾位穿著喪服的男女，家屬代表是篠崎征男的第二任夫人，另外也有第二任夫人所生的兒女。

章一上來向川久保敬禮，川久保也默默回禮。

走出靈堂，看到農會的會長正對著電視台的攝影機，臉上有明亮的燈光。

川久保停下腳步，從旁聆聽會長說些什麼。

「他很致力招募實習生。」會長說：「而且對待實習生就像對待自己的親骨肉，沒想到會發生這種事。」

看來會長相信人是實習生殺的，這段話會直接播出嗎？

川久保慢慢走向警車，看到片桐就在警車旁。

「你也來啦？」川久保開口。

片桐說：「沒有，我跟篠崎先生沒什麼交情，只是前幾天郵局裡的保險專員跟我講了點事情，想來告訴你。」頓了一下之後又接著說：「大概三個月之前，篠崎先生把保險專員找去，說要提高投保金額。」

「三個月之前？」

片桐就在警車旁開始說明，他之前的同事被篠崎征男找去，說要提高壽險的投保金額，看有什麼好選項。篠崎說自己胃不太好，還擔心是不是胃癌，不過去帶廣的醫院檢查之後發現只是胃炎。但是篠崎擔心自己的健康，才打算投保更新、更高額的保險。

可惜郵局的簡易保險理賠金額並不高，篠崎又已經六十一歲，保費自然昂貴，所以最後沒有簽約。篠崎既然沒有投保郵局簡易保險，於是又找了民營保險公司商量。

川久保問：「這是三個月之前的事情？」

片桐說：「你說他跟我同事的對話？是啊。」

「是篠崎征男本人說的？」

「沒錯。」

「篠崎征男當時打算投保多少錢的險？」
「正確數字不知道，但是聽說要保好幾億。」
「上億？好大的數字啊。」
「建牧場也要跟農會貸個幾億，而且現在法令更嚴格，他們不是正在蓋什麼排泄物處理設備？那他當然需要這個數字啦。」
「受益人是誰？」
「當時說是法定繼承人。」
「後來他跟保險公司簽約了嗎？」
「好像簽了，篠崎先生只要行動就會做到底。」
此時一名西裝男子走上前來對川久保說話。
「不好意思，警察先生？議員要離開了，可以請你開路嗎？」
原來是當地的北海道議會議員的祕書。
好吧，川久保揮手向片桐道別，離開警車。
隔天早上六點半打開電視，新聞報導牧場失竊的小汽車已經在函館市區被尋獲，代表他們三個真的開了五百公里的車跑到了函館，這時候應該已經逃往本州，說不定連凶殺案的新聞都沒看到。

今天也是篠崎征男的告別式，川久保前往篠崎牧場，現在牧場裡應該沒有任何親友才對。

篠崎住家裡的凶案現場圍上了黃色封鎖線，但是沒有員警看守，看來蒐證已經完成了。

今天用地後方的工程也已經停工，推土機和怪手都停著，也沒有來幫忙的酪農，應該是早上幫忙擠完奶之後就回去了。

川久保開著警車到用地後方，停在工地前面下車。

當他看到狗屍體的時候總覺得有些不對勁，現在總算有點眉目，只是還不清楚這眉目通往何方。就好像自動對焦系統正努力尋找焦點，當下模糊不清，但終究會顯現出清晰的影像。

排泄物處理場的基礎工程，看起來剛打好地基，昨天應該是在灌漿吧。眼前是一個網球場大小的平坦水泥地，四邊有垂直隆起的水泥矮牆。

越過水泥地基，就是前些天丟廢棄物的地點，川久保以為會看到一個大洞，但現在已經填平了，而且周圍完全看不見廢棄物。看來凶案發生當天，廢棄物已經掩埋完畢了。

再往前是個小斜坡，斜坡前面是一大片的樹林，樹林底下好像有溼地。川久保走在牧草地之間的小路上，來到溼地旁邊，溼地範圍很小，寬大概只有一點八公尺，水淺到可以看見水底的石子。

在水邊左右看看，上流方向五百公尺左右似乎有棟廢屋，從曼薩式屋頂（mansard roof）來看應該是前農家留下的牛棚，而且相當老舊，大概三十多年沒人使用了。

川久保仔細地巡視篠崎牧場的地勢，二十分鐘後回到主宅門前。

隔天電視台與報社的記者幾乎都離開町裡，當地又變回安靜而無聊的小地方。電視新聞裡的牧場主人凶殺案被其他凶殺案所取代，所有媒體的眼光都離開了這個小農村的凶殺案。

搜查本部的焦點改為追查可能逃往本州的實習生，聽說已經有幾名探員從廣尾警署出發去函館。如果要說實習生是嫌犯，還有一些疑點無法解釋，但也得先抓到他們問話才有個辦案的起點。

又過一天，川久保趁白天造訪篠崎牧場，篠崎征男的二兒子和女兒聽說都離開了牧場，夫人也回了娘家，現在牧場裡只剩下篠崎章一，還有來幫忙擠奶的酪農幫手。

川久保也聽說篠崎家打算收掉牧場。

警車開進牧場中，正好看見章一從家裡出來，頭戴小帽，身穿工作服，腳穿白色膠靴。

「怎麼了？」章一的口氣有些戒心：「還有什麼事嗎？」

川久保搖搖頭。

「沒事，只是突然想來找你聊天，方便嗎？」

「聊天啊？」

「如果你忙，我就回去了。」

「沒關係，反正擠奶都交給別人，牧場也打算要收了。」
「我聽說了，難得你爸搞到這麼大的規模，可惜了。」
「都是因為有中國人才有這種規模，不過往後也沒辦法再收中國實習生了吧。」
「怎麼說呢，我覺得還是可以繼續雇用吧。」
章一拿下帽子，抓抓一頭長髮問：「警方會抓到實習生嗎？」
「難說，我不是搜查本部的成員，不知道辦案進度。你希望他們被抓？」
「那當然。」
「我還以為抓不到，對你來說比較方便呢。」
章一聽了表情有點僵。
川久保又說：「我們邊走邊聊吧？」
不等章一回答，川久保就走向牧場後方的溼地。
章一晚了片刻才跟上來。
「你想聊些什麼？」

「跟我走一下就對了。」

章一嘆了口氣，無奈地跟著川久保。

兩人走過工地，穿越牧草地，來到溼地旁邊，章一沿路不發一語，但能感覺到他非常緊張。

兩人站在溼地旁，川久保看著章一，他臉色蒼白，似乎猜得到川久保接下來要說些什麼。

川久保望向溼地的上游，詢問章一：「你媽媽就是在這塊溼地自殺，對吧？」

章一的神情相當慌張。

「我媽是車禍死的。」

「不對，是跳水自殺，我想你不可能忘記才對。」

「我只聽說我媽在我很小的時候就死了。」

「大概是你六歲的時候吧？我聽說你媽媽是在這個溼地跳水自殺，水可真淺啊。」

章一沒有回答，但似乎等著川久保的下一句話。

川久保繼續說：「上游有個廢棄農家，代表這塊溼地以前肯定不乾淨，都是什麼牛屎牛尿的。」

章一問：「我媽的事情你知道多少？」

「完全不知道。」川久保說：「只知道一些外面流傳的風聲，難道有什麼風聲之外的內幕嗎？」

「你希望我說什麼？」

「聊聊而已，聊你跟你爸爸的關係，還有這件案子。」

「我沒什麼好說了。」

「那聊聊你的服裝吧？你平時都穿這雙白色長靴？還是那雙L.L. Bean的橄欖色長靴？」

章一看著腳底說：「這有什麼不對勁嗎？」

「沒什麼，那聊聊設施工程吧。真不知道什麼時候把漿都灌好了，丟廢棄物的大洞也都填平了，這下很難挖開看裡面埋了什麼喔。」

「你到底想說什麼？」

「就是聊聊，我又不是刑警，只是駐在警察，想說有些話你該聽聽，所以才找你聊。」

章一突然轉身往回走，腳步相當快但渾身僵硬，企圖遠離川久保。

川久保從後面喊住了章一。

「以前的駐在警察好說話，或許對你媽媽的死因睜隻眼閉隻眼，你這個親生兒子當然無法接受。但是現在不一樣，至少我跟他們不一樣，我只要發現案子有疑點就會往上報，違法掩埋廢棄物也不會放過，希望你能記住。」

章一頭也不回，走往牧場裡的主宅。

隔天，川久保穿好制服正要走出辦公室，電話就響了。他看看牆上的時鐘才拿起話筒，時間是八點二十五分。

對方是廣尾警署的地域係係長。

係長的口氣相當慌張。

「那件牧場主人凶殺案，兒子篠崎章一剛跑來自首啦！他說當天晚上中國實習生想逃走，他就殺了實習生幫自己頂罪，我們馬上就逮捕他了！聽說是你勸他自首的？」

川久保只有五分的訝異：「沒有，我沒特別勸他。」

「既然你有情報，為什麼沒報告給總部？」

因為沒有人問……雖然想這麼說，但川久保還是閉上嘴，換了另外一個答案。

「因為我覺得自己的見解太簡單了。」

係長似乎無法理解川久保的意思，但也沒多說什麼。

「章一自首的時候，說希望警方重新調查二十四年前他媽媽的死因，我不懂這什麼意思，你知不知道？」

「我也不清楚。」

「二十四年前的案子，時效早就過了。總之現在要去現場重新蒐證，你立刻過去保全證據吧。」

「了解。」

掛上話筒，川久保拿起從起居室拿來的馬克杯。

桌邊有張紙條，篠崎菊江死亡時的駐在警察姓名就在上面，當時他判斷菊江的死沒有犯罪嫌疑，應該是認為這麼做對地方上的人最好。身為一個長期駐守當地的警官，他應該相信這就是最恰當的正義。

川久保忍不住對著那張紙條這麼問。

難道你不會想知道後來的發展嗎？

想知道你的正義過了二十四年之後，造成了什麼後果嗎？

川久保知道這個問題沒有答案，只能搖搖頭，喝下杯中半涼的咖啡。

# 破窗

川久保篤巡查部長把警車停進停車場後，立刻衝進候車室中。

客運站候車室裡的雜貨店店員，剛才直接打電話到駐在所，說有小朋友遭到恐嚇。詳情是兩名年輕男子在候車室角落恐嚇一個十五、六歲的男生。

川久保剛掛斷電話就搭上警車，趕往離駐在所三百公尺的客運候車室，大概只花三分鐘就到了。

現在這座客運站是用之前的JR志茂別站改建而成，鐵路廢棄之後公車還是會停靠在此，幾乎都是高中生跟老人家來搭車，站內還有小小的雜貨店和咖啡館。

但是他衝進候車室的時候，遭到恐嚇的男生和恐嚇人的男子已不見人影，只有一個理著小平頭、四十來歲的男人坐在長凳上。

川久保望向雜貨店，報紙雜誌架後面有個穿圍裙的中年婦人，一看到川久保就鬆了口氣，看來打電話的就是她。

川久保走向雜貨店問道：「他們人呢？」

店員說：「剛才連忙跑掉了，有兩個開車跑掉，你沒看到？」

「沒有。」沒看到什麼慌張逃亡的車輛，或許是往駐在所反方向跑了？

「那被害人呢？」

「他剛剛也跑走了。」

「確實遭到恐嚇嗎？」

「看氣氛就知道了，而且人我都認識。」

「知道什麼名字嗎？」

「知道。」店員說：「田邊跟畑野兩個都是壞孩子，我還以為田邊已經離開這個町了。」

這下心裡有個底了。聽說七、八年前有個男生被送進感化院，最近又回來町裡露面，應該就是這個田邊。另外一個畑野是轄區生活安全係列管的不良少年，應該是十七歲的高中中輟生。

「被害人是高中生？」

「對，可是應該沒在念書。」

「你認識嗎？」

「這……不太清楚，姓山內吧？」

「兩個壞孩子看到你打電話就逃了？」

店員作勢望向川久保背後，小聲說道。

「是那個人出手幫忙啦。」

「幫忙？」

川久保回頭一看，坐在長凳上的平頭男正盯著他，或許也聽見了兩人的談話。

男人身邊有兩個大包包，看起來像是旅人，身穿厚外套與毛衣。五月連假都已經過了，看他這身打扮，似乎是來自更寒冷的地方。

店員又說：「我打完電話，那個人就站起來去跟壞孩子們講話，兩個壞孩子一聽馬上就跑了。」

川久保來到男人面前問：「聽說剛才有人恐嚇打劫，你知道怎麼回事嗎？」

男子抬頭看著川久保，眼神中有些戒心。

「我找他們講話，他們就住手跑了。」

聲音相當沙啞，可能是酒精或香菸害的，而且口氣有些緊張。這人的臉上幾乎沒有脂肪，看來十分緊繃。

「是你阻止他們？」

「是啊，造成你的困擾？」

「哪裡，只是搞恐嚇的人脾氣都不好，幸好你沒被拖下水。」

「我沒考慮那麼多。」

代表他有信心應付這兩個人？川久保心想應該不假，這男人頗有氣勢，看起來像是高段的武術家，附近的壞孩子如果看到這樣的人湊上來，低沉地講個兩句話，應該會嚇得心驚膽跳。他外表沉穩卻不軟弱，身體與精神的深層肯定隱藏了什麼尖銳火爆的東西。甚至可以說，這人絕對不是一般老百姓。

是不是該查查他的身分？川久保有些猶豫，因為民眾報案是小混混恐嚇，這男人並非恐嚇犯，沒有必要查他的身分。

男人的視線移往候車室外面，川久保也跟著看過去，正巧有台箱型車開進停車場，停在警車後方。

箱型車的駕駛座下來一個穿著工作服的中年男子，這人在町裡開工程行，記得叫做玉木徹三，川久保在町裡的活動上見過他兩、三次。玉木這個人給川久保的印象是八面玲瓏，非常會察顏觀色，就工程店老闆而言，算是相當少見的類型。

「不好意思。」玉木走進候車室就對長凳上的男人開口：「我晚了，等多久啦？」

「沒有。」平頭男回答：「我才剛到。」

玉木接著對川久保客氣地說：「警察先生，他做了什麼壞事嗎？」

川久保搖搖頭：「沒有，他幫忙阻止犯罪，剛才向他道了謝呢。」

男人聽了總算露出一抹笑容。

玉木說：「這樣啊，他姓大城，接下來會在我這裡做木工，我可以帶他走了嗎？」

「當然。」

姓大城的男人起身向川久保敬禮，身高與川久保差不多，體格很健壯。

大城拿起包包的時候，川久保習慣性地看看男人的左手，五隻手指都還在。

玉木帶著大城坐上箱型車，立刻離開了停車場。

川久保又回頭詢問雜貨店店員：「所以你不知道被害的男生住哪裡？」

「不知道，應該不是本町的孩子。」

「謝謝。」川久保道謝：「如果又發生什麼事，請記得像今天一樣馬上聯絡我。」

川久保離開客運站，開著警車把志茂別町的街區繞了一圈，沒發現疑似田邊與畑野二人組，也沒見到被害的男生。

這個被害人姓山內，不知道是怎樣的孩子？

在町上有什麼不清楚的，問那個前郵局員工就對了。川久保打定主意，開著警車前往社福中心。

片桐義夫一如往常，看著圍棋盤回答問題。

「應該是由香里她家的小孩吧？記得去年才中學畢業，但是一直都在家裡，沒有去念高中。」

川久保問：「家裡蹲？」

「不清楚，不過由香里是再婚，或許新爸爸不疼這個孩子。」

「不疼孩子？」

「意思是書念不念都沒差啦。」

是家人疏於照料嗎？去年秋天釧路轄區為少年課探員舉辦了虐童與家庭疏忽的講座，川久保並沒有參加講座，但是知道轄區發生了這樣的問題，而且個案還不少。

「再婚對象是怎樣的人？」

「小鋼珠中毒，那個太太的男人運很差，前夫也是差不多爛。」

「現在這任丈夫的職業是什麼？」

片桐說了町上一家貨運公司的名字，公司的主要業務是運送家畜，這名丈夫就是裡面的貨車司機。

媽媽是當地的農家女兒，高中畢業之後與大一屆的學長結婚，生了這個男孩。前夫是町裡汽車用品店的店員，賺不到多少錢卻買了昂貴名車，是個喜歡吃喝玩樂的傢伙。孩子三、四歲的時候，家裡債台高築無以為繼，只好離婚。前夫離開這個町，媽媽後來在大眾餐廳工作，一手把孩子拉拔長大。

大概兩年前，媽媽與現在這個丈夫再婚，當時男孩還是中學生。

片桐說：「這是個鄉下地方，單親媽媽要養孩子真的很辛苦，我是不知道為什麼要選擇和那種人再婚，但是應該有她的苦衷吧。」

「山內是現在這任的姓？還是女方的姓？」

「是第一任丈夫的姓，第二任好像姓栗本吧？我剛說媽媽叫由香里，長得還不錯。」

「那孩子家裡沒辦法供孩子上高中嗎？記得本地高中是百分之百入學制的吧？」

「這我就不清楚了。」

川久保又問了一件事：「但關於那孩子都沒有人做任何後續處理，難道是他是問題兒童？」

「不會啊。」片桐乏味地說：「他不是壞孩子，只是沒什麼氣魄，我還在送信的時候他還是小學生，常常無精打采的。」

「他家住哪裡？」

片桐說了街區南邊的一座公宅社區，回駐在所應該就能查出詳細地址。

「媽媽在哪家餐廳工作？」

片桐說是國道上北聯加油站旁邊的餐廳，停車場裡經常停著大貨車，應該很受貨車司機喜歡，只是川久保還沒去過。

回到駐在所之後，川久保打給轄區的廣尾警署。

他認識刑事係裡的一個探員，這探員在廣尾警署的暴力團負責部門待了六年，在目前北海道警察本部的系統裡面算是經驗豐富，對當地黑道的情報也特別清楚。

川久保提到田邊，探員立刻有了答案。

「勝政是吧？他兩年前開始在帶廣混。」探員說了一個廣域指定暴力團的名字之後接著說：「田邊勝政經常出入他們的事務所，是其中的一員，偷偷在販毒，正準備在你們町上布線。」

川久保說：「可是他剛剛做了很小家子氣的事情，恐嚇小朋友。」

「他正在訓練町裡的年輕人要收做小弟，教他們一點技術手段。」

「技術手段？」

「那夥人現在有教育系統，第一步是恐嚇，再來偷竊、搶奪、販毒，按部就班的學。你知道世間怎麼稱呼這個嗎？」

「不知道。」

「職業訓練，簡稱OJT（On the Job Training），公所的實戰教育啦。」

川久保言歸正傳。

「如果出了事，我可以抓田邊嗎？」

「那你要問方面本部，不對，我來問好了。」

「麻煩了。」

十分鐘後，該探員又打電話來苦笑說了。

「你的問題真是問對了。事實上，方面本部的生活安全部已經派人去臥底，如果只是恐嚇就別抓他了。」

生活安全部派人臥底，代表田邊很快就會因為違反毒品取締法而被捕，這刑責比恐嚇要重得多，可以將他送進看守所。川久保心想應該避免搞砸大案子，道謝之後就掛斷電話。

這家餐廳的招牌寫著「定食．拉麵　吉田屋」，停車場前面插了幾支髒兮兮的旗子。

川久保挑選恐嚇報案的隔天下午三點，餐廳裡沒有任何客人。有個女人在廚房裡洗東西，從年紀看來應該就是那個由香里，店裡並沒有其他員工，可見她就算不是經營人，也負責掌管餐廳大小事。

川久保走到桌邊摘下警帽，點了一份炒飯。

他趁著女子上來遞水的時候稍作觀察，年紀應該三十來歲，短黑髮，小臉蛋，眼角有點垂，看來不太可靠。

片桐說她長得不錯，但親眼見到覺得更是憔悴。她身穿粉紅色襯衫配牛仔褲，還有兒童卡通人物的圍裙。

炒飯送上來的時候，川久保開口問道：「請問是栗本女士？」

女子訝異地挺直腰桿。

「我是栗本，請問什麼事？」

「沒事。」川久保試圖用微笑降低對方的戒心：「沒什麼，只是想請教令郎的事。」

「浩也做了什麼？」

川久保說：「沒有，別擔心，浩也其實算是被害人。」

「被害人？」

「昨天町裡的混混曾經威脅他，有人進來阻止，沒出什麼事。你聽說這件事了嗎？」

由香里的臉色更加驚慌，好像隨時都要蒸發一樣。

「我什麼都沒聽說。」

「他曾說過有誰向他恐嚇要錢嗎？」

「沒有，再說他身上應該沒有零用錢可以讓人搶。你說的混混是誰？」

「你心裡有底嗎？」

「應該有。」

「警察也有個底，但是希望浩也能主動出來說明，被人恐嚇請找我商量，不要自己傷腦筋。」

「好，我會跟他講，問問他。」

此時兩個客人拉開拉門進來，都穿著工作服，由香里便離開了川久保。

隔天下午。

川久保照常趁著信用金庫關門前路過巡邏，在金庫旁邊的停車場看到玉木工程行的箱型車，玉木徹三正準備上車。

川久保喊住玉木，把警車開進停車場。

玉木抓抓斑白的頭髮打招呼。

「前天麻煩警察先生啦。」

川久保親切地走上前，邊寒暄邊打聽事情。

「前天那位大城先生是在哪個工地做事？」

玉木苦笑，似乎早知道川久保要問這檔子事。

「他在町上運動公園的管理事務所。」

玉木解釋事務所要改建，決定以當地的松木搭建小木屋，在地的玉木工程行包下工程，但是沒有搭建木屋的經驗，所以玉木聯絡旭川的熟識工程行，請對方派個有經驗的木工來支援，這就是前天碰到的大城。當天大城搭客運來，玉木開車接人。

工程大概要花兩個月，大城帶著兩個工程行的年輕人來做，做完之後就會回旭川。

川久保問：「你特地請這人過來，功夫肯定了得。」

玉木點頭說：「他在旭川附近好像已經蓋過十座小木屋，之前是做日式家屋的師傅。」玉木突然反問：「你很在意大城？」
「也沒有。」
「都寫在臉上了。大城克夫，有一次前科。」
「哦。」沒想到對方會突然說出來。「是什麼罪名？」
「聽說是傷害罪，去勸架反而打傷人。他這個人很直，我認識的旭川老闆也說這個人不壞，一根腸子通到底。」
「假釋嗎？」
「不知道，聽說判刑三年半，這算重罪嗎？」
難說，如果傷害罪沒有緩刑，代表法官認為行為很惡劣，但刑期如果是三年半，也可能代表有酌量減刑。
川久保回答：「我想不是什麼重罪，他什麼時候進看守所服刑的？」
「聽說出獄已經四、五年了。」
「應該不是混道上的吧？」
「不是吧？哪有黑道會蓋木屋？」

川久保笑了。黑道蓋木屋確實很難想像，就像喜歡觀星的詐欺犯一樣。
他突然想到一件事。
「你說他是搭客運來，但是工匠應該要帶很多工具吧？他自己沒有車？」
「對，他沒車，平時工作都是開工程行的小貨車。」
「木工沒車很不方便吧？」
「做這行多少可以存點錢，他說想存錢買中古車，這次工具是用貨運送來的。」
「聽起來很正派。」
「所以才決定請他來。是說，你這麼在意大城？」
「只是職務上的習慣。他在這裡工作的時候都住哪兒？」
「我家的組合屋工寮，如果你白天要找他，他在運動公園的工地裡。」
「他有家人嗎？」
「聽說是單身。」

「所以自己一個住在你的宿舍裡？」

「他可不是居無定所，別用這個理由逮他啊。」

「我沒這麼想。」

川久保向玉木致意之後離開。

一個傷害前科。

雖然並沒有幹過什麼事，不過作為駐在警察的職責，還是得記住他的名字和臉。

工地就在町立運動公園東邊。舊站前路南面的河岸邊有塊空地，上面有棒球場、足球場、網球場，還有獨立的更衣室、洗手間和管理事務所，但是這些建築年久失修，町上才打算翻新。事務所旁邊有怪手正在做地基，怪手後方有大堆的圓木，有三名男子正在處理圓木。

工地南面的馬路對面是一座日式豪宅，坐落在高聳的櫟樹之間，豪宅主人是町上貨運公司「東山貨運」的社長，長途貨車司機栗本應該就在這家貨運公司做事。社長也是町議會議員，家門口停了一輛白色的德國轎車。

川久保把警車停進停車場，慢慢走向工地。

圓木都是粗大的松木，每根圓木直徑約二十公分，但是有三面裁切過，剖面看來像是正方形的其中一邊腫了起來。

大城正拿著一把立體的尺規在量尺寸，給每支圓木標上線，另外兩名年輕男子按照大城的指示，將標好線的圓木排在地面的椽木上。

大城發現川久保走來，停下工作並對兩名助手使了個眼色，有制服員警要來了。他一眼就注意到警察，可能心裡想著準沒好事。

川久保努力擺出笑容。

「我想多請教前天的事情，方便嗎？」

助手們停下工作，好奇地看著川久保與大城。

大城問：「很花時間嗎？」

「不會。」

「能不能在這裡談？」

如果聲音小點，應該不會被助手們聽見。

「可以。」

「請問什麼事？」

川久保坐在附近的圓木上，兩名助手識趣地放下工作走開。

川久保開口問道：「當時你看到有人打劫，是怎麼制止的？」

大城看著川久保說：「沒什麼特別，就說住手而已。」

「兩個人是什麼反應？」

「比較大的那個突然就瞪大眼睛，轉頭說想怎樣，好像隨時都要打人一樣。」

「但是沒有動手對吧？」

「對。」

「另外一個呢？」

「嘴扯成八字形，但是沒說話，看起來像是年長那個的小跟班。」

「就這樣？」

「年長那個問我混哪裡，記得是很假的關西腔。」

「你怎麼回答？」

「我說路見不平而已。」

「然後呢？」

「年長那個瞪我一眼，然後好像想到什麼，從小男生身邊退開。接著他對小跟班使了個眼色，兩個人就離開候車室開車跑了。」

「你要小心點。」川久保說：「那兩個人在帶廣小有名氣，跑來我們這裡做生意了。」

「果然是那種人啊。」

「幸好他們沒有拿你出氣。」

「我沒想到這種小地方會發生這種事。」

「相對不怎麼平靜，有人想在這裡畫地盤。」

大城瞥了助手們一眼說：「你看我不像個普通老百姓，但是我跟黑道沒關係，只想腳踏實地過生活。」

「我知道，我不是來找碴的。」

「我只想把這裡的活做好，沒打什麼歪主意。」

「我知道。」

大城繼續解釋：「警察先生如果擔心，我就說了。我是有傷害前科，蹲了三年半的牢。」

川久保看著大城：「我知道。」

大城落寞地笑笑，似乎很難過自己的往事已經被人發現。

川久保起身。

助手們還盯著川久保與大城，好奇兩人聊些什麼。

川久保再次微笑，換個話題。

「那兩個年輕人是玉木工程行的員工？」

「對，但是第一次蓋小木屋。」

「蓋小木屋這麼難啊？」

「有些地方不用太講究，或許比傳統工法來得簡單吧。」

「真的？」

「對。」

「三個人就能蓋好？」

「這個大小不成問題，如果再找一個技術嫻熟的年輕人會更輕鬆吧。」

川久保又言歸正傳。

「若再碰到那幫人幹壞事，請立刻打一一〇報案，不要自己解決了。」

「好，我會照辦。」

「打到駐在所也行，嗯，這樣比較好。」

「能不能寫張紙條給我？」

「號碼在這。」

川久保把駐在所的電話號碼寫在紙條上，遞給大城。正準備起身時，大城突然正經八百地說：「另外有件事，能不能幫我規勸一下那邊的路邊停車？停很久了，運圓木的貨車都進不來。」

往大城說的方向望去，就是那輛白色轎車。

「你去講過？」

「沒有。」大城搖搖頭：「如果我去講可能會把事情鬧大。」

川久保微笑著離開大城。

有名女子從豪宅側門探出頭來，看來三十五、六，染了一頭亮金髮，但是服裝很正式，好像要去參加什麼技藝的發表會。女子見了穿制服的川久保有些疑惑，看來她就是東山貨運的社長夫人。

夫人狐疑地問：「什麼事？」

川久保摘下警帽，一派輕鬆地說：「外面那輛賓士應該是府上的車吧？在路邊停得有些久了。」

女子聽了有點不開心。

「啊，那是我的賓士沒錯，不好意思。我想說反正是自己家門口，稍微停一下而已。」

「馬路禁止路邊停車，請移到車庫裡。」

「停這裡應該不會礙到別人吧？」

「附近在做工程，貨車進進出出的。」

「哦。」女子恍然大悟：「玉木工程行找你抱怨是吧？」

「我只是碰巧看到違規停車而已。」

「好吧。」女子突然變得很乾脆：「我馬上移車。」

言下之意就是你可以滾了。

「麻煩快點。」

川久保戴回警帽，豪宅側門也關上了。

兩天後的傍晚，A-COOP 的店長打電話到駐在所。

店長的口氣聽來有些難以啟齒。

「店裡有小偷，能不能請警察先生來一趟？」

川久保確認：「你確定要報警處理？」

這是個小地方，所以扒竊犯通常都是本地人，在店裡偷東西通常不會報警，而是由負責人當場解決。除非損失金額很大，或者竊犯行為非常惡劣才會報警。川久保上任以來，只有出動處理過兩次扒竊案，而A-COOP的扒竊案還是第一次碰到。

店長說：「對，我覺得應該請警察先生來一趟比較好。」

「怎麼回事？」

「好像有什麼隱情。」

「扒竊犯有說姓名嗎？」

「沒有，但是我認識，就是由香里的兒子浩也。」

浩也偷東西？川久保說馬上就到。

男孩坐在狹小辦公室裡的辦公椅上，即將從農會退休的店長站在旁邊盯著男孩，川久保一進辦公室，男孩就用暗淡無光的眼睛盯著他。

好瘦的男孩，長相有點像由香里，尤其是下垂的眼角。

川久保一眼就發現男孩右眼下方有瘀痕，是被人打的，而且應該是幾天前留下的。難道前幾天在客運站遭受威脅時也被打了？身上的衣服都是汗漬。

店長說：「他抓了東西就往外套口袋裡面塞，沒結帳就想走，所以我把他抓回來，他也沒反抗。」

男孩面前的辦公桌上有一堆商品，說是從男孩口袋裡拿出來的。有兩顆飯糰、水煮蛋、炸雞塊，易開罐咖啡。

店長又說：「他偷得光明正大，我都看傻了。」

川久保問店長：「他之前也偷過？」

「沒有，第一次。」

「他常來買東西？」

「沒有，幾乎沒來過。」

「你確定要報案？」

店長看來有些為難。

「麻煩你問問他吧。要是我真的報案，晚上應該睡不好。」

「能不能請你迴避一下？」

「好啊。」

店長離開辦公室，川久保就坐在另一張空的辦公椅上，男孩低頭盯著川久保，表情看來似乎不明白自己為什麼會在這裡，不過，至少他犯法被抓之後沒有惱羞成怒。

川久保問男孩：「你的名字是山內浩也，對吧？」

男孩默默看著川久保，點了一下頭。

「你媽媽是由香里女士對吧？」

男孩又點頭，而且還有些驚訝，或許沒想到警察會提到他媽媽？

「你老實說，是不是肚子餓了？」

男孩瞥了贓物一眼，川久保發現他嚥了口口水，不用問就清楚了。

「你吃吧，算我請客。」

男孩又望向川久保。

「可以嗎？」

聽來氣若游絲。

「吃吧，吃完我要問你話。」

男孩點頭之後抓起一顆飯糰，胡亂撕開包裝之後狼吞虎嚥起來。

川久保看著男孩，突然想起一個過氣名詞：飢餓兒童。川久保小時候鄰居有些吃不飽飯的小朋友，當時政府稱呼這些孩子為飢餓兒童，政府使用了專有名詞，代表當時全日本有一定數量的飢餓兒童存在。

只是沒想到現在還有飢餓兒童。

川久保心想，這應該是虐童，廣義的虐童，是不是接近棄養呢？

浩也吃了飯糰和炸雞塊之後，臉色才總算有了生氣。

川久保問：「你都沒吃飯？」

浩也猶豫片刻之後回答：「我被罵，所以罰我。」

「多久沒吃了？」

「有吃，只是比較少。」

「罵你的是你媽媽？還是你爸？」

「是栗本叔。」

言下之意是說栗本不是他爸。

「他打了你？」

「這個？」浩也指著臉上的瘀痕說：「不是，我自己撞到的。」

「撞到什麼？」

「牆壁。」

「什麼時候撞的？」

「三、四天前吧？」

「你跟栗本先生處不好？」

「沒有喔！」浩也猛搖頭：「我沒這樣講喔！」

「你承認偷東西？」

浩也隔了片刻，才回答：「我沒付錢。」

「這就是偷東西。」

「我想說媽媽等等會付。」

「之前也是這樣？」

「嗯。」浩也低頭小聲解釋：「說實話我沒想過，只是肚子真的很餓。」

「因為你沒有零用錢？」

「沒人給我零用錢。」

「你也沒去念高中？」

「對啊，叫我快點去工作。」

「誰說的？」

「栗本叔。」

「所以你在工作嗎？」

「町裡沒有工作可做。」

「那去外地找就好啦。」

「去外地找要花錢，我是想去面試工作，可是沒錢。」

「連車錢也不給你？」

「栗本叔覺得我只要在町裡找到工作，拿錢回家就好，不能到外地去找工作。」

浩也打開了話匣子，川久保繼續追問。

「你想在町裡工作？不想離開家？」

浩也搖頭。

「我不想跟栗本叔在一起，但是也不想離開媽媽。警察先生？」

「怎樣？」

「我可以喝水嗎？」

川久保請店長拿兩瓶茶來，一瓶給浩也，一瓶給自己。

浩也一口氣喝掉半瓶茶，反問川久保：「我會被抓進拘留室嗎？」

「你想進去？」

浩也回答得相當謹慎：「雖然栗本叔會生氣，一定會趕我出門，但我就不用回家了。」

「這樣就會離開你媽喔。」

「我可以忍一陣子。」

「你真的想離家？」

「如果現在回家，栗本叔會痛扁我。」

「你是說他又要痛扁你。」

浩也懂了川久保的意思，點點頭。

「對。」

這男孩臉上的瘀痕果然是繼父打傷的。

川久保喝著自己手上的茶，心想根據方面本部的準則，這種狀況應該要聯絡兒福諮詢所，但是諮詢所遠在帶廣，男孩的傷勢看來也不算嚴重，也沒有瘦到病態的程度，不會是兒福諮詢所立刻受理的對象。

以這個程度來看，兒福諮詢所頂多去訪問浩也家裡，說他們家受到列管，但這根本無法阻止暴行，還可能害浩也更沒飯吃。川久保不清楚栗本這人的脾氣，但是聽說男孩刻意偷東西想離家，可能會氣得火冒三丈，那今天就不應該讓浩也回家。

這下只能帶他走了。

「好，我們走吧。」

浩也不問理由就乖乖起身。

川久保走出辦公室，向收銀檯裡的店長付清贓物款項，然後小聲說：「他只是忘了錢包，這樣可以嗎？」

店長也鬆了一口氣：「警察先生能幫我處理就好，不過下不為例喔。」

「欠你一筆。」

川久保轉身要浩也跟上。

當川久保坐上警車駕駛座，碰巧來了無線電呼叫。

打開開關，無線電傳出聲音。

「車內遭竊，志茂別町小鋼珠店『太陽天堂』，刑事係已經過去了，請前往現場。」

川久保對副駕駛座上的浩也說：「可能有點無聊，陪我一下吧。」

浩也默默點頭。

川久保確認車內遭竊的狀況之後，把案子交給轄區刑事係處理，然後回到警車上。

浩也一直待在副駕駛座上，還以為他會無聊，但從表情看來似乎沒什麼感覺。或許他習慣抑制自己的情緒，或許些微的乏味還不至於表現在臉上。

川久保開動警車並詢問浩也：「你如果真的想離家，要不要認真找份工作？」

浩也瞥了川久保一眼，無所謂地說：「哪裡有工作我就去做，只是……」

「怎樣？」

「我不太會講話，也不喜歡跟人家講話。」

「你中學玩過什麼？」

「你是說社團？」

「擅長的都行。」

浩也想了想之後說：「我喜歡工藝課。」

「你喜歡做東西？」

「對，比賣東西好玩。」

「我要送你回家嘍。」

「你會告訴栗本叔我偷東西？」

「怎麼能不說？」

浩也吸吸鼻子。

「他會罵我。」

「為什麼會罵你呢？」

浩也支支吾吾地說起了原委。浩也有次在町裡唯一的電玩店裡看人家打電動，田邊和畑野盯上他，想賣他電玩遊戲，畑野是主攻，田邊不時從旁輔助。對方說好聽是賣，但實際上是恐嚇敲詐。明明是便宜遊戲，卻哄抬價錢硬塞給人家，而且還說晚點付錢也沒關係。浩也嚇得收下那款遊戲，答應之後再付錢，要價一萬五千圓。

但是浩也並沒有遊戲主機，買了也沒用，三天後田邊他們在客運站找到浩也向他討錢，浩也差點哭出來，正巧遇到大城出手相救。

當天栗本在家裡發現了那款遊戲，追問浩也為什麼沒有遊戲機還要買遊戲軟體，浩也怕把事情惹大，說是自己想買才買，栗本反而更加火大，問浩也怎麼會有錢買遊戲跟遊戲機，還懷疑浩也是不是偷了錢包。

栗本懲罰浩也不准吃飯，媽媽也同意，所以隔天起浩也就沒什麼東西好吃。結果就是今天在A-COOP超市抱著被抓也無所謂的心情，伸手偷東西。

川久保聽著，想起之前某個被當車禍身亡處理的男孩，山岸三津夫，他也是單親媽媽的孩子，被高中的壞同學當提款機，最後甚至被凌虐致死。

三津夫活著的時候應該也像這個浩也一樣，沒什麼活力，缺乏與他人交流溝通的意願與能力。這種人在同儕之間算是最軟弱的，只能獨自忍受同儕對他出氣。

接著川久保想起死去男孩的母親，外表文靜但內心堅強的女性，而且貌美如花，美到川久保不敢與她太過親近。她處理完兒子的後事之後就默默離開町裡，或許她唾棄這個害死兒子的傷心地，以及傷心地的駐在警察。

川久保現在還是會思考，為什麼當初處理那件車禍會這麼殘暴，原因之一應該是後悔那天晚上自己顧著與町裡仕紳套關係，沒能阻止案子發生。第二點是自己明明身為警察，卻無法阻止警方以車禍給三津夫結案。第三，是覺得那位母親應該非常唾棄他。

聽著浩也說話，又不由得讓川久保想起那件事。

「到了。」浩也說。

南町的町公宅，有六棟兩層樓民房並排在一起。川久保放慢警車速度進入住宅區，浩也指著其中一棟。

「那裡一樓。」

門前停了一輛頗新的國產轎車。

「栗本叔已經回來了。」浩也說：「說不定他很累正煩著呢。」

他說媽媽每天都要等九點下班才會回家，川久保看看手表，才剛過晚上七點。

「會怕嗎？」川久保問。

浩也遲疑片刻才回答：「我偷東西，一定會被罵。」

「別擔心，在車上等著。」

川久保下車敲門，沒人回應，所以就用浩也身上的鑰匙開門。

屋裡有種異味，看來這家人不太整理垃圾，玄關只有一張榻榻米大，散亂著滿地的鞋子與拖鞋。

「栗本先生？」川久保大喊：「栗本先生在嗎？」

屋裡的門開了，一個男人探出頭來，臉色憔悴又瘦削，走上前立刻有股菸臭味撲鼻而來，年紀應該和由香里差不多。

栗本訝異地盯著川久保。

「怎樣？我不記得有犯法啊。」

栗本身後的房間真是一片凌亂，廉價的家具，散亂的衣服，漫畫與小鋼珠雜誌，還有包包跟填充玩具。

「其實是浩也小弟的事情。」川久保拿出不常用的威嚴語氣：「我聽他說了不少，今天是來警告你的。」

「警告？」

「對，我只說一次，聽好了。警察很關切你對浩也小弟做的事情，下次再來就要給你上銬。」

栗本先是目瞪口呆，接著噗哧失笑。

「怎樣？警察要來管我教小孩？你們這些拿黑錢吃香喝辣的傢伙，還想管人家幹什麼？」

北海道警察本部收黑錢的風聲已經聽膩了，川久保就當沒聽見。

「我不是說你怎麼教小孩，是說你傷害的刑事罪。」

「警察先生，你在威脅我？」

「對，記住我的威脅。」

「如果你覺得我教養方式有問題，怎麼不現在就抓我？」

「因為浩也小弟護著你，所以這次先放你一馬。」

「如果你這麼關心他，怎麼不自己帶回去養？沒打算負這個責任就少管閒事，你也不希望人家跑進家裡說三道四吧。」

川久保沒有多話，只是重申：「聽好，我警告過了，下次就是上銬。」

川久保說完準備出門，栗本喊住他。

「警察想強出頭就要負責啊！」

回到警車上，川久保對副駕駛座上的浩也說：「栗本不會亂來，如果他亂來，你馬上來駐在所。」

浩也點頭下車，川久保看著他走向家門，浩也突然在門前轉頭。

「警察先生。」

「怎樣？」

「我想離開這裡找工作。」

川久保點頭。「找你媽好好談談，帶廣一定有工作。」

「嗯。」

浩也走進町公宅的家門，川久保等著聽有沒有人大吼大叫。什麼都沒聽見，只聽見有人心不甘情不願地罵了一句粗話，看來警告多少起了點作用。

川久保坐上警車駕駛座，駛離那個地方。

辦公桌後面的玉木徹三抬起頭來。

「十六歲的小孩？」

川久保送走浩也之後的十五分鐘，來到玉木工程行。

川久保說：「對，能不能讓他在那個大城的工地裡跑腿？他十六歲，沒上學也沒工作，讓他有事做不錯吧。」

玉木說：「如果不是正職倒也沒關係，但是頂多就到運動公園工程結束喔。」

「沒關係，他現在還沒信心可以自己賺錢過生活。」

「現在的小孩差不多都這樣。」

「如果只是窮人家，我不會這樣講，這次是死活問題。我想讓他有點信心，離家獨立。」

「什麼時候開始？」

「明天就可以開工，宿舍還有空床嗎？」

「沒了，如果要待，只剩倉庫角落了。」

「那工寮有沒有地方可以睡？」

「如果他願意睡工寮，是可以多擺張床，我問問大城。」
「那我再去問問那孩子，他應該不會拒絕。」
「我的媽啊。」玉木說：「我真是不會拒絕人。」
隔天川久保去找浩也。
一聽說要在大城手底下幫忙蓋小木屋，浩也裝模作樣地說：「可以去做看看。」
接著川久保趕往由香里工作的吉田屋，試圖說服由香里。
「浩也是為你著想才想去工作。他可以留在町裡，多少賺一點貼補家用，你老公也不必觸法，應該是個好主意吧。」
由香里也裝模作樣地表示：「既然警察先生堅持的話……」
這個星期的假日，川久保開自己的車前往帶廣，要去郊區的大型購物中心買東西。
當他慢慢開進停車場，發現眼前有輛高級德國轎車正準備開進車位。

看那車牌有點印象，幹警察的就是下意識會記住車牌號碼。這車是東山貨運社長夫人的車，開車的應該也是那位夫人，只是戴著墨鏡。

川久保把車停在那輛轎車旁邊，看到夫人從轎車下來，東張西望。

另外一台銀色的國產高級雙門跑車與夫人的車尾對靠停著，一名年輕男子從跑車的駕駛座下來對夫人揮手，他穿著白色西裝外套，身材修長。夫人也對他輕輕揮手，左右張望一下就走向跑車。年輕男子上車，車窗似乎貼著反光貼紙，車窗升起來就看不見車內。夫人坐上跑車的副駕駛座，車子立刻發動離開。

川久保這次主動記住車牌，跑車開往停車場出口，在車子消失之前他複誦了三次車牌號碼。

車子開走之後，川久保用自己的手機打給廣尾警署的交通係。

當班人員接起電話，川久保報上跑車車牌，想詢問是不是贓車，對方大概只花十秒就說不是贓車，川久保當然清楚，他想問的是下一個問題。

「我想問車主是誰。」川久保說。

確認車主比較花時間，必須透過方面本部詢問運輸局，所以五分鐘後才有回覆。

交通係當班人員說：「下平夏樹，他怎麼啦？」

「為什麼這麼問？」

「我一聽這名字就想到他是帶廣的牛郎店老闆，在署裡的生活安全係算是名人，他幹了什麼好事？」

「倒沒有幹什麼，只是他的車出現在一處令人想不到的地方，你有什麼情報？」

「沒什麼情報，他不是交通係的名人，如果他真的會搞出什麼事情，應該是違反兒童福利法吧。」

「謝啦。」

川久保掛斷手機。

東山貨運的社長夫人，坐上帶廣牛郎店老闆的跑車……嗯，應該是駐在警察要留意的情報吧。

假日隔天早上，川久保前往公園工地。

工地已經開始組裝圓木，開來一台起重機吊掛圓木，工頭就是大城，後面帶著三個人做事，其中一個正是浩也。浩也頭上捲著毛巾，推著一輛單輪推車。

浩也看到川久保，難為情地笑著點頭致意。

他正按照大城的指示安裝一根圓木，下一根要放直角方向。

大城看到川久保就走上前來。

「那孩子如何？」川久保看著組裝中的圓木問。

大城也看著相同方向：「剛開始我也搞不太清楚，反應有點遲鈍。」

「派不上用場？」

「哪裡，已經習慣了，現在會回話了。記性沒有特別好，也沒有特別差。」

「他之前都是家裡蹲，還不習慣團體的生活，所以不懂得打招呼。」

大城微笑，代表他也有同感。

川久保問：「他習慣宿舍生活嗎？」

「可以，我讓他一起住工寮，不過他沒有帶睡衣。」

「看來他媽也不太理他。」

這是輕度的棄養，母親冷落孩子，繼父虐待孩子，所以才要把孩子交給玉木工程行。

大城說：「如果是我，一定想盡快離家自己生活。」

此時浩也開口問大城：「大城哥，這邊可以收掉了嗎？」

聲音清楚有力，川久保之前只聽過浩也瑟縮虛弱的語氣，沒想到他會有這樣的嗓門。

大城回答浩也：「沒錯，把那裡掃乾淨啊。」

「好。」

浩也推著推車走向工地後方。

大城靦腆地對川久保說了：「我有很多事情想教他，要是能一直給我帶就好了。」

「玉木先生現在只是雇他當零工，等工程結束後我找玉木先生談談吧。」

「如果說要去旭川工作，他爸媽會怎麼講？」

「他本人的想法才重要。」

「他很高興能離開那個家。」

「那就離開這個町吧。」

「或許這不該我來擔心，但是他的衣服、褲子跟鞋子都破破爛爛，應該給他穿點更像樣的東西，我還去找那個栗本討了點治裝費呢。」

川久保詫異地看著大城，大城則是抬頭挺胸地繼續說：「前天是七字尾（註：每個月的七、十七、二十七號，小鋼珠店都會有特別活動），我聽說栗本一定會去小鋼珠店報到，所以直接去他常去的店裡找他當面談判。」

「談判？談什麼？」

「錢，我說如果他贏錢就拿點出來，小孩身上的衣褲破破爛爛，我拿這錢去買了新衣服和鞋子。」

「等等。」川久保憂心忡忡：「你在小鋼珠店眾目睽睽之下，教人家把錢拿出來？」

大城變了臉色：「我是不是搞砸了？」

「人家看了搞不好以為是恐嚇取財啊。」

「我說了是關於他孩子的事。」

「栗本不把他當自己的小孩，只是女人的拖油瓶。」

「他倒是沒抱怨什麼。」

川久保想起田邊，就連指定暴力團的人都害怕大城的氣勢，那栗本應該會嚇到閃尿。

「應該沒人敢找你抱怨吧。」

只希望當時民眾沒有人認為那是恐嚇，既然還沒接到報案，應該沒有造成誤會吧。

起重機駕駛開口找大城。

大城揮揮手，離開川久保身邊。

小木屋漸漸有了雛型，川久保還是第一次看到小木屋組裝工程。傳統的日式木屋要先組裝梁柱，然後蓋牆搭屋頂，但是小木屋是慢慢堆起牆壁，就好像從地上長出來一樣。

川久保每天都會經過工地，有時候下車看看浩也與大城的狀況。

看看四面牆已經差不多堆得一個人高，大城走向川久保說：「那孩子挺有用，幸好寄在我這邊了。」

川久保說：「他開始有表情了，之前都無精打采的。」

「聽說他之前被繼父打，又被罰不准吃飯，現在的生活輕鬆多了。」

「他現在會說這些啦？」

「話還挺多的呢。」

「應該是因為你好說話吧。」

「要是他之後能去職校念書，學好木工技術，就有一技之長啦。」

「你就告訴他人生路怎麼走吧。」

大城皺巴巴的臉露出笑容。

「這是親生爸爸的工作，哪輪得到我？」

言下之意就是他其實很想這麼做。

當晚有人報了案，町裡只有四家居酒屋，其中一家打電話到駐在所說店裡發生糾紛。

川久保趕到現場，發現大城就坐在居酒屋門口旁邊，雙腿伸直，鼻血直流，浩也蹲在一旁拿毛巾給大城敷頭。店老闆氣呼呼地盯著川久保。

「怎麼啦？」川久保上前詢問：「大城跟誰打架啦？」

店老闆說：「一個姓畑野的年輕人，已經溜了。」

「你受了傷嗎？」川久保改問大城：「有動手嗎？」

「只是扭在一起而已。」大城回答：「我沒出手。」

「光扭在一起怎麼會流鼻血！」

「他用手肘撞我。」

「為什麼？」

浩也在一旁回答：「我跟大城哥在吃飯，畑野看到我。」

店老闆接著說：「畑野說這孩子欠他錢，要到外面談。」

畑野應該是碰巧跑來這裡，大城今天晚上請浩也吃飯，喝了點酒吃了點菜，去上廁所的時候畑野就來了。聽說畑野是這裡的常客。

畑野一看到浩也就逼他買了東西要付錢，大城剛好回座位，一眼就知道發生什麼事，並打算把畑野趕走。

今天晚上田邊大哥並不在，畑野卻相當強硬，一直說滾開！出來講！兩人一出店門就扭在一起，不久之後大城倒地，畑野也按著頭逃走。

浩也拚命解釋：「大城哥沒有錯！都是畑野又來找我勒索！」

店老闆不耐煩地說：「這個人是怎樣？有必要突然開打嗎？」

川久保問老闆：「除了打給駐在所還有聯絡哪裡嗎？」

如果打了一一〇，轄區警署的警車馬上就會來，事情也會成案，如果畑野傷勢不輕，大城就會被依傷害罪嫌逮捕。

店老闆說：「沒有，我只是想找警察先生來。」

「交給我處理。」川久保對老闆說：「警方有掌握畑野的勾當，這個大城是個正派的人。」

「正派？」老闆顯得難以置信。

川久保蹲在大城身邊低聲問：「你該不會還沒服完刑吧？」如果大城是假釋出獄，再次犯罪就會立刻取消假釋，被送回看守所服完刑期。

大城搖搖頭。

「我服完了。」

「是說你也太衝動了。」

「我沒有想太多。」

「還是請你來駐在所一趟吧。」

「好。」

大城緩緩起身。

川久保說：「等等帶你去廣尾的醫院。」

「這點傷不打緊。」
「廢話少說，這件案子你是被害人，官方紀錄就要這樣寫。」
大城看著川久保，看來懂了這是什麼意思。
「我懂了。」

騷動過了兩天，晚上有三名町內仕紳造訪駐在所，包括防犯協會會長、地區安全推廣員以及町議會議員，也就是吉倉、中島以及東山貨運社長東山。吉倉與中島已經七十幾歲，但東山的歲數跟川久保差不多。
川久保帶三個人到後面的起居室，防犯協會會長吉倉立刻開口。
「你知道有前科犯跑到町裡來了嗎？」
指的是大城？
川久保謹慎地說：「確實有個違反選舉法那個町議會的前議長？記得他應該被罰款了。」
「不是那個，是因為刑案被關進監牢的男人，在玉木先生那裡做事的木工。」

「哦，我知道。」

是玉木告訴他們大城有前科的嗎？

地區安全推廣員中島說：「自從他一來，町裡的治安就亂了套，你說是不是個問題？」

「怎麼回事？」

中島說：「又是恐嚇，又是打架，又是車內竊盜的。」

「請詳細告訴我好嗎。」

「大城這個人在小鋼珠店恐嚇東山貨運的員工要錢，又在居酒屋跟客人打架鬧事，而且最近經常發生車內竊盜對吧？」

「前面兩件事不算嚴重，我已經打聽清楚了。」

「在這個小地方已經很嚴重了。」

東山說：「那車內竊盜怎麼辦？不就是大城來了之後才發生的嗎？」

「廣尾警署正在偵辦，應該很快就會逮到竊犯了。」

「自從這個大城來了之後，町裡就變得不太對勁，警察先生應該聽過破窗效應吧？就是破了那扇窗，町裡才會變得這麼亂。」

這還用你來教？駐在警察的任務就是窗破了之後，如何處理因應。但在川久保看來，町內仕紳判斷的破窗位置與他並不相同。

川久保解釋了小鋼珠店與居酒屋發生的事情，但吉倉等三人根本不想聽。

吉倉不耐煩地說：「他都已經幹了這麼多壞事，你應該馬上把他趕出去才對，免得發生更嚴重的案子。」

「你擔心怎樣的案子？」

「傷害、竊盜、性侵，就是這些更嚴重的案子。」

「你已經咬定大城會幹這些事了。」

「他現在不就這麼幹？只是你私下處理掉而已。」

川久保加重語氣：「如果有案子我一定秉公處理，所以這件事情請不要指揮我怎麼做，我不能光因為有前科就把他趕出去。各位應該都很清楚吧。」

吉倉等人面面相覷，似乎認為要求川久保也沒用的。

吉倉不客氣地指著川久保說：「給我記住，我們這些當地居民代表已經要求過了，你要記在日誌上提交給廣尾警署。」

「我知道。」

「我們的工作是防患於未然。」

「我知道啦。」

川久保走到起居室的桌邊，請三人離開。

隔天就發生了真正的犯罪。東山貨運社長門前停的那輛德國轎車被人偷竊，社長夫人的手提包裡少了一百五十幾萬的現金，夫人打一一〇報警，廣尾警署的刑事係立刻趕到町上，正好是中午時分。

這個月已經發生了四起車內竊盜，都是由同一批探員負責，川久保陪同這批探員去現場採證。

東山貨運的社長夫人名叫東山美紀，她在描述案情的時候不停撥著一頭金髮。

「我從信用金庫回來，只是在路邊停一下，就要把錢拿去事務所給我丈夫。沒想到才停十分鐘，才十分鐘喔！錢就被人偷了。」

她說很快就回來，所以鑰匙還插在車上，車門當然也沒鎖。

川久保聽了夫人的說明，看看馬路對面的工地，用來當管理事務所的木屋已經疊好牆要架梁，大城和浩也他們便當吃到一半，憂心地看著警察採證。

川久保回頭看著夫人。

夫人滔滔不絕的同時不斷偷看大城，刑事係的探員也察覺了夫人的目光。

看來探員等等就會問大城有沒有過什麼可疑人物。

探員們結束蒐證，回去之前先到駐在所一趟。

工藤警部補對川久保開口說道。

「你們的防犯協會會長跟什麼推廣員，對我說了不少大城的事情，聽說是你把案子壓下來的？」

川久保搖搖頭，說明這一個月來町裡的狀況，帶廣的黑道成員經常出現在町裡，吸收年輕人當小弟之後到處恐嚇取財。大城在小鋼珠店做的事情並不是恐嚇，居酒屋的案子更是被害的一方。

川久保說著，突然想起前幾天在帶廣的購物中心停車場見過東山美紀，而且遮遮掩掩地上了牛郎店年輕老闆的跑車。

今天報的案子真的是竊案嗎？

川久保對工藤說：「你最好問問東山貨運的社長之前有沒有掉過現金。」

「為什麼？」工藤問。

「因為這位太太出手闊綽，我想她應該瞞著老公花了不少錢。」

「你是說她謊報？」

「我想應該查查這個可能。」

「一個月已經三起了。」工藤說：「我想應該是同一個竊犯吧？」

「之前有沒有車子大白天停在家門口，鑰匙還插在車上，但是只有車裡的錢被偷？」

工藤沉思片刻之後回答：「好像還是第一次喔。」

隔天起川久保連請三天假，回到札幌家裡享受天倫之樂，第三天下午才回到志茂別駐在所。

地域係的年輕警察幫川久保值班，問過之後說是沒有該交接的重要事項，雖然還有一段時間才開始當班，川久保還是先換好了制服。

川久保離開駐在所，開著自己的車前往公園工地，他想看看管理事務所的木屋蓋到什麼程度，也想探望大城和浩也。

沒想到去了工地一看，工人全都換掉了，不見大城與浩也的蹤跡，只有另外三名木工忙著進行屋頂工程。

川久保訝異地走進工地，詢問大城等人去了哪裡。

年邁的木工說：「大城好像回旭川去了，我們是接他的棒。」

「回去？還沒完工不是嗎？」

「我哪知道，是老闆把大城趕走的。」

「沒有大城還蓋得起來嗎？」

「骨架搭好了，勉強可以吧。」

「浩也那個小朋友呢？」

「誰啊？」

川久保連忙開車趕往玉木工程行的辦公室。

玉木徹三不在辦公室裡，川久保直接走向大城住宿的組合屋工寮。

拉開拉門，大城正好要從椅子上起身，揹著兩個大包包，看來正準備離開此地。時值夏季，大城沒有穿外外套，但還是跟第一次見面一樣穿著高領毛衣。

大城一見到川久保，臉色就暗了下來。

「警察先生，多謝你的關照。」

川久保問：「這怎麼回事？浩也呢？」

「我被炒魷魚，浩也被帶去帶廣的兒福諮詢所了。」

「炒魷魚？兒福諮詢所？跟我說清楚！」

「客運二十分鐘後就要開了，我們邊走邊談吧。」

「上車，我送你。」

大城坐上川久保自用車的副駕駛座。

「車內竊案的隔天，我就被警察請去廣尾警署問話了。」

川久保想起工藤警部補，暗自咒罵他是個混帳白癡。

大城接著說：「他們問了我一整天，最後只能請我回來，但是才回來老闆就說不用做了。」

「老闆很看重你啊。」

「聽說町裡的大人物去說三道四，叫他別雇用前科犯。」

看來當天跑去駐在所的那三個人又去找玉木施壓，玉木既然是包公共工程的廠商，當然無法違抗町內仕紳的意思。

川久保又問：「你說浩也去了兒童諮詢所？」

「對，聽說町裡有人向帶廣的兒童諮詢所報案，可能是他媽，可能是那個栗本，他們說我……」

川久保簡短說了一聲：「同性戀。」

「結果立刻有兩個諮詢所職員從帶廣趕來，找什麼社長問了話，然後馬上決定把浩也送去收容所。這都是我在廣尾警署接受偵訊之間的事情。」

川久保簡直難以置信，如果兒福諮詢所每天都這麼有效率，社會上八成出人命的虐童案就不會發生。還是說帶廣兒福諮詢所的職員，都是天賦異稟的武林高手？

不對，這不可能。

除了栗本和由香里之外，那三個人肯定也對帶廣的兒福諮詢所施壓，帶頭的是防犯協會會長吉倉？地區安全推廣員中島？町議會議員東山？還是三人聯手？

川久保問：「兒福諮詢所說你對那個孩子做壞事？」

「他們應該覺得有這個風險。」

「浩也就乖乖被帶走了？」

「看到過程的人說他一臉陰沉，默默上車走了。」

「怎麼不反抗呢？」

「他以為我被警察抓走，再也回不來了。」

「看來有人這樣騙他。」川久保長嘆一口氣：「總有人要代替爸媽好好照顧浩也啊，他在你手底下做事不也很開心嗎？」

「他說他很想當木工，專門蓋小木屋也沒關係。」

「那孩子需要完成一件工作的成就感，只要留在那個家裡，他就沒辦法獨立。」

大城默不作聲，川久保便改變話題。

「那你怎麼打算？」

副駕駛座上的大城瞥了川久保一眼。

「回旭川還是有工作，只是老闆應該會問我為什麼做到一半就回來。」

「老實說就好了。」

「我們公司的業績不是很好，老實說可能會害我被炒魷魚。原本老闆就說雇用我這前科犯是做好事，給的薪水也比外面低。」

客運站到了。

四、五名穿著短袖制服的高中女生在花圃前面嬉戲，另外還有三、四名高中男生。

川久保停車，大城道謝一聲就打開車門。

川久保看著大城，大城似乎眼眶泛淚。

「警察先生。」大城也望著川久保：「我是不是沒機會了？」

川久保搖搖頭。

「沒那回事。」

「因為我有前科？」

「跟那沒關係。」

「我有時候也會覺得，生活好苦啊。」

「現在每個人都過得很苦。」

「多謝你的關照了。」

大城別過頭，關上門，從後座拿起自己的行李。

「多謝你的關照了。」

大城又說一次，關上後座車門。

川久保下車站在大城面前。

大城揹著兩個包包，拉高毛衣的領口，現在分明已經初夏，他卻顯得寒冷難耐。

川久保翻開警察手冊拿出一張名片，用原子筆寫上自己的手機號碼，然後遞給大城。

「回旭川後碰到什麼問題就打電話給我，不然就報我的名字，叫對方來跟我談。」

大城接過名片，無奈地笑笑。

「我也不知道還能在旭川待多久。」

「到哪裡都一樣，到哪裡都沒差，只要我的名號有用就儘管用。」

「不好意思。」大城點頭：「沒想到警察先生這麼關照。」

「或許哪天我會找你談浩也的事情，他也不會一直待在兒童諮詢所。」

「我不知道還能做些什麼。」

「但有些事只有你能做。」

「只要那孩子還有意願，我願意為他盡一份心力。」

大城說了自己在旭川工作的工程行名字。

「這陣子應該可以在那裡聯絡到我，就算不做了，我也會留下聯絡方式。告辭了。」

大城點頭致意，走進舊JR車站改建而成的客運站，雙肩揹著的包包似乎十分沉重，壓得他有些駝。

川久保往他背後喊。

「大城！別自暴自棄！別再幹傻事啦！」

大城沒有回頭，邊走邊舉起右手揮了一下，彷彿是在敬禮。

意思是他明白？還是他辦不到？都說得通。

有輛貨車開進貨運站前的停車場，擋住了大城的背影，大城應該很快就會進入客運站中。

川久保把警察手冊收回口袋，坐上駕駛座。

回到駐在所，川久保立刻打給廣尾警署刑事係，要找工藤問清楚。

工藤一接電話，川久保就問了。

「車內竊盜的案子怎麼了？」

工藤說：「一個姓畑野的小子招了，幹了三票，但是賓士被偷一百五十萬那件他說不知道。我會在交接給生活安全係之前多逼問一下。」

「當初有必要找大城問話嗎？」

「我不能忽視任何可能，但是也沒有抓他啊。證明他無辜之後當天就請回去了。」

「『請』人家去警署不就夠難看了？你害他被當成嫌犯，連工作都丟了。」

「喂。」工藤口氣一變：「你這個制服警察要挑我毛病？」

「沒有，我不是在挑毛病。」

「那你的口氣是怎樣？」

「不好意思。」川久保說：「只是覺得無能的刑警就是會毀掉別人的人生。」

「喂！」

川久保沒回應就掛斷電話。

大概又過了一個月，全新的公園管理事務所舉辦落成儀式，川久保也是嘉賓之一。只是啟用一座公園的管理事務所，來賓人數卻多得驚人，町裡三十多位西裝筆挺的仕紳擠在小小的木屋裡，就連前任教育長都坐著輪椅前來，聽說這位前教育長原本就是整建運動公園的有功人士。

首先由町長致詞，接著是當地出身的國會議員祕書致辭，然後大家敲開一桶日本酒舉杯慶祝。

東山貨運的東山社長與夫人美紀也是座上賓，兩個人站在一起顯得年紀差很多。

舉杯之後，川久保走向那兩人。

東山說：「前陣子不好意思，幸好竊賊逮到了。」

川久保看看東山與美紀，然後對東山說：「聽說竊賊否認有偷東山先生一百五十萬。話說回來，你開的車真是年輕時髦，小心別超速嘍。」

「啊？」東山傾首不解：「我的車年輕時髦？」

川久保報出高級國產雙門跑車的車款。

「沒幾個人開得起這種好車，而且你那身白色西裝配銀色烤漆真好看，我有看過喔。」

東山身邊的美紀表情有些僵硬。

東山眨著眼問：「我開的是黑色豐田王冠，內人開的是白色賓士啊？」

「是嗎？可是我見過夫人上了那輛跑車啊。當時東山先生穿的就是白西裝了。」

「我沒有白西裝啊。」東山轉頭問美紀：「那是誰的車？」

美紀驚慌失措。

「咦？什麼啊？警察先生別開玩笑好嗎？」

川久保依然保持微笑。

「哪裡是開玩笑？就五月十八號在帶廣 Posful 購物中心的停車場啊。」

美紀一聽臉色慘白，東山則是對美紀投以懷疑的眼神。

川久保假裝會場裡有人找他，揮揮手便走開。第四件車內竊案的真相，至少這對夫妻心裡會明白。

走出新落成的木屋，川久保回頭，看著窗裡的派對繼續歡鬧著。

川久保心想，這町上第一扇破窗應該已經破很久了，至少不是他上任之後才破的。他在這町裡看見了成排的破窗，往後也只會繼續沉淪荒廢，沒有人能阻止這股沉淪的力量，至少他這個駐在警察辦不到。

川久保想像自己拿起石子，砸破一扇全新的窗戶，那感覺頗為痛快。

# 感測器

火勢變大了。

川久保篤巡查部長被熱氣烘得別過頭去。

眼前是火災現場。

這裡是一座空屋，無人居住的地方突然燒了起來，想必是縱火。最早接獲報案的轄區警署也認為是縱火，錯不了。

一旁有人大喊：「警察先生退後點！給我們處理！」

消防員穿著銀色防火裝衝上前去，消防車也開始灑水。

川久保後退六、七步觀察周遭，這裡是西町（街區西側）的偏遠住宅區，起火的木造住宅外牆貼著假磁磚飾板，前一任屋主是町議會議長。外牆看起來還很新，但是現任屋主佐久間說裡面的屋況很糟，所以他去年在隔壁的建地上蓋了新房子搬去住。這間房子或許不算廢棄，但確實是空屋，目前無人居住。

「沒人住也不必縱火吧？去你媽的！」佐久間氣得咒罵，離開川久保。

附近民眾聚集過來，男男女女大約三十人站在人行道上看熱鬧，有警笛聲從街區那邊接近，應該是其他區的消防車來了。

川久保看看表，晚上十一點五分，七分鐘前才接獲命令要來現場待命。

起火的建築發出劈啪聲，有塊門板在熊熊烈火中掉了下來。

一旁有名男子說了：「我早就知道會起火了。」

川久保往旁邊看，原來是這一帶簡易郵局的局長，記得姓河合，五十來歲，一看就是個老實的郵局員工。

河合看著川久保說：「空屋就是要馬上拆掉，不然一定有人拿來幹壞事。只要有廢墟，人心就會跟著荒蕪。這已經是第二起了吧？好恐怖喔。」

如果確定是縱火，那就是第二起沒錯。上一起是五天前，大澤聚落的舊農戶廢墟燒了起來，對小地方的居民來說確實令人緊張。

上一件警方認為是町裡的年輕人玩火不小心燒了房子，現場有幾個保險套，年輕人也確實常在那裡玩，所以轄區廣尾警署查得很隨便。向鄰居問問話，問不出起火原因，就記上一筆縱火案，偵辦結束。記得從昨天起就沒見到探員來町裡辦案了。

川久保舉手擋著熱氣問道：「河合先生認識這一帶所有人？」

「是啊，從小就認識了，一個不漏。」

「看熱鬧的人裡面有沒有陌生人？」

「陌生人？」

河合望向看熱鬧的民眾，然後回頭對川久保說：「沒有。」

「沒有啊。」

如果這是有人縱火，而且縱火犯是為了尋求快感，就很可能混在現場民眾之中。所以每個有縱火可能的火場，到場警察都要用肉眼或攝影機尋找這種人，可惜川久保沒有帶攝影機，只好請當地居民找可疑人物。

如果群眾之中沒有可疑人物，接著該觀察的是群眾的表情。只要發現有人陶醉地看著火勢，就得好好留心該號人物。

川久保端詳每個民眾的表情，大家不是疑惑就是惶恐，還有人顯得憤怒，但沒有人表現陶醉，甚至連一點開心的表情都沒有。

河合又開口說道：「其實最近有件治安問題讓我擔心，發生第一件縱火案的時候我就想說要不要去找警察先生談，現在看來應該早點說才對。」

川久保問：「怎樣的治安問題？」

「町裡愈來愈多來路不明的遊民，你有發現嗎？」

此時正好有輛汽車從公路開進舊校區裡面，應該是自用車。

川久保揮動指揮棒要這輛車子停下，這是一輛國產的最高檔白色轎車。往駕駛座裡看，川久保覺得駕駛面熟，應該是町裡仕紳之一。

「警察先生好啊。」

一聽這聲音就想了起來，駕駛是建築材料公司的經營人，也是防犯協會會員之一，姓大路。

川久保說：「車子會妨礙滅火工作，麻煩開走好嗎？」

大路看著眼前的火場說：「了解，我掉頭。」

大路倒車到附近的倉庫旁邊，正好位於陰涼處，得以閃避熱氣與火花。

車子停好之後，大路來到川久保旁邊。

「我路過剛好看到火警。」大路對川久保說了之後又對河合說：「這是佐久間先生家吧？怎麼了？」

河合沒好氣地說：「應該是縱火吧，這房子從去年開始就沒人住，不會有人用火。」

「為什麼要在空屋裡縱火？」

「誰知道？就是有人這麼莫名其妙，所以才可怕。」河合接著對川久保說：「要說他們是遊民可能不太對，因為有些人有開車。」

大路看著河合，似乎不清楚在討論什麼。

川久保問河合：「你說變多了是怎麼回事？」

「你在公園沒看到嗎？他們在那裡待了好多天了。」

「河濱公園有很多人划獨木舟，町裡應該也很歡迎吧？」

志茂別川流經町中心，是日本獨木舟愛好者的泛舟勝地之一，每年夏天總有許多人從首都圈遠道而來，在河濱公園紮營，每天享受泛舟的樂趣。町裡人默許泛舟客把公園草皮當成露營區，而這幾年來開放露營的消息慢慢傳開，連機車騎士和單車騎士也增加了，停車場裡甚至還出現過露營車。

川久保也注意到，夏天的河濱公園有愈來愈多人露營，長時間停車，但這沒有什麼不對勁，東北海道鄉村的夏天就是這幅光景。

但是河合又開口說道：「如果只是觀光客倒還好，不過我說的是遊民，還有本州那裡很久以前出現過的奇怪宗教團體，也有那種人。」

他說的應該是當年用汽車非法占據福井縣縣道的邪教集團。但川久保沒看過這種以車為家的人。只不過，上次巡視河濱公園卻也是十天前的事情了。

「所以那些人就在河濱公園？」

「大概一星期之前還在展望公園。」

町西邊的町營肥育牧場有座觀景台，周圍被修建為一座公園，稱為展望公園，是機車騎士的熱門露營點。

河合說：「鄰居說有人在那裡的停車場掛繩子晾衣服，跟他們說町裡有自助洗衣店，那些人說沒關係，他們喜歡這裡的波動。」

波動？神祕能量之類的嗎？

「那些人還在嗎？」

「沒有，不見了。」

「大概多少人？」

「大概兩輛箱型車，二、三十歲的男男女女，應該有六、七個。」

「他們還做了什麼奇怪的事情？」

「我沒仔細問，不過他們說喜歡波動才跑來這裡，感覺很不舒服。」

「確實最近在地方雜誌上也讀到，有些居民喜歡這裡的地氣，才愛上這個地方呢。」

河合以為川久保在取笑他，隨即轉向左邊的大路。

「大路先生，你沒發現嗎？」

大路說：「我是不覺得遊民變多了，你在公園看到的應該都是來露營的旅客吧？」

「問題是他們旅行的目的啊。」

「你覺得怎樣的旅行算是問題？」

「比方說找什麼好波動，找空屋躲藏之類的。」

大路作勢看看眼前的火場，問道：「你說這也是那批人幹的？」

「當地人不會幹這種事。佐久間先生這間房子還很新，但是沒有電，才會被小偷之類的壞人盯上。」

「可疑人物在這一帶活動，很顯眼吧。」

「搞不好只有晚上才出沒喔。」

又有一輛車開過來，川久保上前擋車，只是個路過看熱鬧的民眾，川久保要駕駛離開現場，駕駛便乖乖倒車。

回到火場前，大路已經不見蹤影，好像換地方看熱鬧去了。

河合又對川久保說：「遊民問題是不是透過防犯協會跟你講比較好？」

川久保搖搖頭，「我已經清楚聽到了，會找個時間去觀察一下。」

又有消防車的警示燈迅速靠近，消防車與警車的警笛交錯混雜，看來轄區警署的地域係警察要來保全現場證據，刑事係的縱火犯罪承辦探員可能也跟來了。

川久保又離開火場，把消防車與警車引導進來。

隔天早上川久保剛上班，就有兩名廣尾警署的探員走進駐在所，老刑警長嶺和年輕下屬小關，之前舊農家起火的時候也是這兩個人在附近打聽消息。

長嶺和川久保一樣是巡查部長，身材又矮又胖，應該超過八十公斤，頭髮稀疏長相難看，完全是年輕女孩嘲笑的對象。

至於小關這個年輕探員就比較修長，頭髮比一般警官長一點，川久保自從第一眼見到他們，就覺得這簡直是小說裡才有的老少搭檔。

長嶺到刑事係第二年，所以不太熟這個地方，但是之前在旭川中央警署也是負責偵辦縱火案，不能說是完全的外行人。

長嶺一走進駐在所便發話：「川哥你聽說沒有？町裡的大老找我們的署長陳情，說駐在警察單身上任讓人擔心喔。」

川久保跟長嶺還不是很熟，但是長嶺已經完全把川久保當朋友了。

川久保反問：「你是說哪個大老？」

「應該是防犯協會的人吧。」

果然，早聽說協會的人以這件事為藉口找麻煩了。

「我離開老婆女兒來上任，長官也都點頭了。之前早就解釋清楚，因為我沒辦法整家搬過來才會這樣。」

「我知道，只是聽說當地民眾認為這樣有問題，我是站在你這邊的。」

「你也是單身上任？」

「沒有啊，我老婆小孩都跟來了。」長嶺露出親切的微笑：「我跟老婆可相愛死了。」

「我家也是啊。」川久保苦笑著改變話題：「昨天晚上是人為縱火嗎？」

「是啊，那裡沒有人用火，應該是有人闖空門發現沒東西偷才隨手縱火，沒有什麼湮滅證據的跡象。」

「是連續縱火嗎？」

長嶺搖搖頭。

「現場狀況跟六天前的舊農家火場不一樣，我可是高階感測器，等等回去研究火場裡找來的證據就是了。」長嶺摸摸沒幾根毛的頭頂：「總之兩件事無關。」

「就算是碰巧，相隔也太短了吧。」

「或許是被第一件刺激的模仿犯。六天前那件火警在當地可引起了軒然大波？」

「沒有，有些人根本沒聽說。」

「記得當地報紙的消息才十行字而已。」

「根本沒什麼人理會。」

長嶺走向貼在牆上的町地圖，指出最近兩件火警的位置。

「要我說的話，這兩件火警的共同點只有地點都發生在志茂別町，而且都是空屋而已。」

川久保說：「聽起來共同點已經很多了吧？」

「要說是連續縱火就還不夠多。最近有可疑人物的線報嗎？」

「沒有。」川久保想起昨天河合說的話：「幾天前好像有某宗教團體的旅客來到町上的停車場，其他就沒有可疑人物了。」

「最近有闖空門的案子嗎？」

川久保拿起日誌翻了翻，「這一星期之內沒有，啊，十天前有一件，本町附近的冰淇淋店被闖空門，沒有金錢損失，但是冰箱裡被偷了不少東西。」

「被偷了哪些東西？」

「鋁罐啤酒、麵包、火腿之類的食物，轄區刑事係已經在查了。」

「食物是吧。那裡也是住家嗎？」

「沒有，純店面，一座小木屋，晚上沒有人。」

「告訴我在哪兒。」

川久保把日誌交給長嶺，然後在地圖上指出位置。

長嶺抄下日誌裡的重點，轉向小關說：「好，我們再跑一趟，晚上辛苦完就可以喝啤酒啦。」

兩人又坐上偵防車，離開駐在所。

河濱公園就在街區西邊的志茂別川河岸上，河道截彎取直之後就改建為親水公園，有一片平坦的草地，大概有半個高爾夫球場那麼大，而且到處都有裝設石灶與桌椅，方便民眾烤肉。

堤防外邊有停車場，停車場角落有公廁，公廁旁有簡易洗手檯與自來水。堤防大概比公園地面高三公尺，頂端有用木片鋪成的慢跑步道。

川久保把警車開進停車場找車位，今天停車場裡有十輛車，他看了所有車的車牌，三輛是當地的車牌，另外有札幌、函館、大宮的車牌，還有三輛本州車牌的重機。

川久保停好警車，走上堤防。

這是個六月的晴朗好天氣，上午十一點已經有不少人出現在公園裡，兩名女子帶狗散步，小朋友騎腳踏車，還有媽媽陪同。左邊靠近停車場的角落搭了三頂小帳棚，大概有三、四個人，沒有大外帳。

停車場旁邊的洗手台有個男人正在洗衣服，而洗手台後方的樹木與路燈之間掛著繩索，上面晾著幾件衣服。

洗衣服的男子穿著樸素，年紀有些老邁，他也注意到川久保而望了過來。

川久保走向男子，男子停下手說：「警察先生早啊。」

嘴上打招呼，神情卻十分緊張。

從這人的口氣與腔調來判斷，應該是有很長的工地經驗，至少不會是服務業，年紀應該六十多，可能將近七十。

「什麼事？」男子問。

川久保微笑說道：「沒事，只是例行巡邏。」

男子往旁邊瞥了一眼，那裡有輛又老又破的箱型車，掛大宮車牌，後門往上掀開。

男子說：「我聽說這裡可以停車才停的。」

「這裡是停車場，當然可以停。你在這裡多久了？」

男子聽了更加惶恐。

「一個星期了吧？這個地方很漂亮，居民又親切，忍不住想待久一點。」

「我沒說你不能待下來。」川久保看看箱型車說：「那是你的車？」

「是啊，我正在逛北海道名勝。」

「一個人旅行？」

「啊，沒有，跟我媽一起。」

「你媽也在？」

男子指著箱型車，川久保難以置信地走到車後門往裡面看，車裡經過改造，後面兩排座位被拆掉，還發出濃濃的尿騷味。

車裡堆了大量雜物，雜物之間躺了一個老太太，她稍微撐起身子與川久保四目相接，但是面無表情，或許她根本不知道自己正盯著人。

「這是你媽媽？」川久保問男子。

「啊，嗯。」

「你媽媽幾歲了？」

「八十八。」

「是不是病了？」

「是，身體很虛弱。」

「那怎麼還出來旅行？」

「喔，她說想泡北海道的溫泉。」

「但是露宿在外？」

「我們沒幾個錢。」

「你有工作嗎？」

「目前沒有。」

男子每個回答都嚇到川久保，但川久保盡量不表現出來。六、七十歲的兒子跟八十八歲的媽媽，即便是以車為家的遊民也太淒涼了。

但反過來說，過這種生活的人不會是昨天晚上的縱火犯。雖然只是直覺，但川久保認為他看到警察會慌張，並不是因為縱火，而是其他原因。

川久保問：「你打算待多久？」

「再一兩天吧，我差不多也想走了。」

「能不能看一下你的行照駕照？」

男子神色透露出明顯的恐懼。

川久保說：「讓我看看吧，如果你媽媽身體真的不好，就該帶她去醫院。」

「我沒有健保卡。」

「至少有行照駕照吧？」

男子無奈地離開洗手台，鑽進箱型車的駕駛座，但是看車子擋風玻璃上的貼紙，驗車有效期限應該上個月就過期了。

男子把行照與駕照交給川久保。

川久保看著駕照問：「你媽媽還能走嗎？」

男子名叫高橋和雄，從駕照看來年紀是六十五歲，但長相明顯過於老態。

高橋回答：「我媽雙腿行動不太方便。」

「那舟車勞頓應該很辛苦吧？」

「反正人生也不久了，而且她很想泡溫泉。」

看看行照，驗車有效期限果然上個月就過期，代表強制責任險也失效了。

川久保抬頭看看高橋，他臉色蒼白。既然這輛改裝車載著他媽媽，應該不會是贓車，他擔心的肯定是驗車過期的事情。

如果警察發現驗車有效期限過期，這車就不能繼續開，開上路就是違反道路交通法與道路運送車輛法，一定要送去保養廠驗過車才能繼續上路，這段時間老媽媽只能下車過活。可是看高橋應該沒有錢去驗車，即便有，也沒錢在驗車期間幫老媽媽找個遮風避雨的地方住。

只要把過期車輛通報給交通係，母子倆就會流落街頭，在路上餐風露宿。

「我忘了戴老花眼鏡。」川久保把行照駕照還給高橋說：「為了你好，還是回故鄉找民生委員（註：社福人員）談吧。」

高橋聽了眨眨眼，不清楚現在怎麼回事。

「我可以走了嗎？」

「可以，我不會阻止你，但是你最好回故鄉去。」

「我沒有故鄉可以回去。」

「要流浪至少選在你的戶籍地，在這裡出了事，沒有人可以幫你忙。」

「我真的可以走了嗎？」

「快走吧。」

「了解。」高橋總算鬆了口氣：「明天我就離開。」

「現在馬上走。」

「現在？」

「現在，走國道，小心別被盤查了。」

「好，我會小心。」高橋老實地說：「不好意思。」

當高橋轉身走向洗手台，川久保又喊住他。

「告訴我一件事，這公園裡有沒有其他人跟你一樣？」

高橋停下腳步，顯得欲言又止。

「有幾個住在這裡，中年的跟年輕的，大概四、五個人。」

「我沒見到這些人，他們在哪兒？」

「應該是去工作吧？」

「工作？」

「附近的農戶早上都會來問要不要工作。」

原來這裡已經成了零工集散地，難怪會有人聚集在此。如果露營地附上工作機會，對缺錢的旅人來說簡直求之不得。

「工作機會多嗎？」

「看日子，有時候比較少就不夠分。」

「今天工作機會夠分嗎？」

高橋遲疑片刻才回答：「這我不太清楚。」

「如果工作不夠分，那些人會離開嗎？」

「看人吧？如果有車可能就離開了。」

高橋就說到這裡，看來有些留在這裡的人並沒有車。

川久保結束詢問。

「那你快點出發吧。」

「好。」

川久保離開高橋再次走上堤防。

沒有車卻能來到這裡的人，分不到工作機會的人……

他總以為這座公園只有泛舟愛好者，看來是個誤會，以町駐在警察來說實在太大意了。這種現象為時已久了嗎？還是這一年來旅人的性情轉變，也連帶改變了公園的氣氛？

公園右後方有座木造的西式涼亭，川久保走下堤防前往涼亭。

涼亭裡有人住過的跡象，角落有幾片拆開的紙箱，正中央有生火的痕跡，厚紙板旁邊還有幾個舊報紙做的火種，另外有兩支空寶特瓶。

看來前不久還有人住在這裡，沒有睡袋與帳棚，甚至連交通工具都沒有，或許就是河合說的「遊民」吧？

川久保離開公園，很慚愧自己是個目光不夠周全的駐在警官。

駐在所的電話響了。

川久保離開電視拿起分機：「志茂別駐在所。」

趁機看看長椅旁邊的時鐘，十一點十分。

對方說：「火災！警察先生！火災啊！」

中年男聲，但想不起是誰，或許是他還不認識的居民。

「地點在哪兒？」

對方說了一個街區地址，那裡有許多農會與貨運公司的倉庫，離駐在所不過五百公尺遠。

「好，我馬上去，你打給消防隊沒有？」

「打了。」

電話就此掛斷。

再看看時鐘，昨天晚上的火災也差不多發生在這個時候。

川久保迅速穿好制服，突然警用無線電又響了起來，他拿起對講機聽當班警官說話。

「志茂別町發生火災，請前往現場。」接著警官說出火災現場地址，和剛才報案人說的是同一地點。

川久保說：「這裡剛才也接獲通報，馬上過去。」

到場一看，起火的是貨運公司廠區裡的建築，一棟木造辦公室正冒出濃煙，已經有兩輛消防車到場，消防員正忙著灌救。今天看熱鬧的民眾比昨天多，而且愈來愈多，附近已經聚集了上百名居民。

川久保下了警車就把民眾趕離火場，並拉起黃色封鎖線。封鎖線拉好之後，川久保又開始確認今天晚上哪些人來看熱鬧，要確定有沒有人一臉陶醉。

町裡的仕紳吉倉走上前來，他是防犯協會會長，身穿睡衣加外套，腳穿拖鞋，神情相當惶恐。

「我家就在後面說。」吉倉說：「我還趕緊叫老婆收拾值錢的東西逃走，昨天是不是也有火災？」

警用無線電再次響起。

拿起對講機聽，是剛才那名警官。

「又有火警報案，本町南六西二……是剛才同一個地方嗎？」

川久保一頭霧水反問：「怎麼回事？」

「有人報案本町南六西二的橫山木材事務所發生火災，已經派了消防車，跟剛才那件不一樣？」

「南六西二離這裡有點距離。」

群眾開始吵鬧，川久保望向群眾，有不少人邊講手機邊指著南方。

還有人大喊：「那邊！」「那邊也有！」

川久保對無線電說：「請等等，剛才……」

群眾指向南方的夜空，冒起一股白煙。

川久保說：「又發生一起，請派人支援。」

才掛斷警用無線電，手機立刻響了起來。

一看來電顯示，是長嶺打來的。

川久保接通手機。

「你也聽說了？」

長嶺說：「我正要趕過去，沒想到一個晚上就兩起啊。」

「第一起應該可以把火勢控制在屋內，不至於延燒。」

「那我先去看第二起。」

川久保收起手機前往警車，後車箱裡還剩多少封鎖線？說不定不夠用。

幸好發現得早，橫山木材廠的火勢並沒有擴大，消防員跟著川久保趕到現場，對著事務所的窗戶猛灌水，裡面的火勢幾乎已經撲滅了。

川久保這才有時間觀察周圍。

他拿著亮光指揮棒回頭一看，有二、三十個看熱鬧的民眾，昨天在火場見過面的大路也在裡面。

大路看到川久保就問：「又來了，第四起啊？」

「如果從六天前開始算起的話。」

「應該是連續縱火犯吧？」

「還不清楚，不要隨便推測。」

一旁有人對大路說：「聽說那邊是田村貨運的辦公室起火了。」

大路說：「是喔？那邊是田村貨運起火啦？」

「你那邊也要小心點啊。」

「為什麼？」

「你看佐久間家，田村貨運，橫山木材廠，不都是同一國的嗎？」

大路一聽恍然大悟。

「是不是？」那個人說。

大路說：「竟然還有這層關係。」

「樹大招風啊。」

「這下頭大了。」大路抓抓頭說：「得重新加保火險了。」

「這該不會是保險公司的詭計吧？明天應該會有一堆人去買火險喔。」

川久保突然發現眼前有熟人，郵局前員工片桐義夫，是町裡的萬事通，之前也幫過川久保不少忙。

片桐向川久保點頭致意，川久保問了。

「之前也發生過這種事？」

「哪種事？」

「連續縱火。」

「有過。」片桐說：「每年都有一兩家失火，我小時候還曾經連續兩天碰上呢。」

聽說以前人家使用油燈，經常發生火災，這個町除了本町鬧區之外的地區，直到昭和三十年代末期才全面通電，距離現在並沒有多久。而且當時經常用燒柴、燒煤來取暖，冬天特別容易發生火災，川久保小時候在札幌郊區長大，鄰居就經常發生火災。

大路等人已經離開，川久保趁機詢問片桐：「剛才和大路先生說話的是誰？」

片桐說是町公所員工，川久保又問：「你聽到他們剛才說的話了嗎？」

「你是說大路先生就是下一個？」

「對，那是什麼意思？」

片桐作勢望向火場：「昨天起火的是佐久間先生的舊家，佐久間先生是町議會議長。今天起火的是田村貨運，老闆田村先生是工商會長。而這裡的橫山先生是町內聯合會的會長。」

「這有什麼關聯？」

「應該是說那三個人合力推動那件合併案吧。」

原來如此，只有片桐這種萬事通才知道其中的關聯，這正是去年到今年之間町裡兩派人馬吵鬧不休的大事情。

町長首先提案要與忠類村、幕別町合併來解決財政問題，因為現在合併可以發行特別公債，是絕佳時機。但是許多居民反對，農家與一般上班族沒什麼意願合併。後來町裡舉辦公投，贊同派強力介入，以些微差距贏得公投，聽說還有買票跟恐嚇的內幕。反對派的農會會長更是爆發不當領取補助金的黑函案件，被迫辭職。

佐久間是町議會議長，強力鼓吹議會通過；田村是工商會長，聽說用了不少手段摧毀反對派；橫山則是負責應付自治會。

片桐又說：「最後總算決定要合併，這三個人就是所謂的功臣。」

「大路先生呢？」

「生意人大多是贊同派，大家都希望能發行新公債。」

「剛才大路先生他們的推測，片桐兄有什麼看法？」

片桐笑說：「町裡那些比較大的公司行號，都是贊同合併派仕紳的財產，就算縱火犯放火警告，看來合併是勢在必行了。」

屋裡的火勢已經完全撲滅，破掉的窗戶裡冒出幾縷白煙。地域係警官凌晨三點來接手，這個季節在北海道東部，凌晨三點的天空已經亮了。

幸好這兩件街區內的火警都沒有延燒，火勢在凌晨兩點就完全撲滅，田村貨運的倉庫內部完全燒毀，橫山木材廠的事務所則是半毀。

川久保一早就被駐在所裡的人聲驚醒，時間是上午七點半，感覺還很想睡，但現在也不能奢求。

他穿好制服走進辦公室看看，原來是長嶺與小關二人組，凌晨三點才在火場分開而已。

長嶺的臉有點髒，或許沾到了灰燼，看來他在火場待到不久前才離開。

長嶺說：「連續縱火，不用我說也看得出來。」

川久保說：「你在火場待到現在？」

「對，兩個火場跑來跑去。」

「查到什麼沒有？」

「兩件的縱火犯都有進過火場偷東西，但是找不到好東西就氣得縱火。」

「一天晚上兩起，好大的膽子。跟前天的火警有關嗎？」

「不知道，這很難講，可能是同一個人，也可能不是。」

「昨天有可靠嫌犯嗎？」

「已經有眉目了。」

「是怎樣的人？」

「餓了。」

川久保一頭霧水地看著長嶺，長嶺顯得很開心。

「木材廠的辦公室有個小冰箱，縱火犯開過冰箱偷吃裡面的超商便當。」

川久保想起前些日子冰淇淋店的辦公室被偷，看來跟這件事情有關。

長嶺問：「這附近有遊民嗎？」

「是有失業的人，遊民就不清楚了。」

川久保說著，突然在想高橋母子是否已經離開町上？如果還在公園裡，長嶺二人組最先盯上的就會是高橋。

長嶺說：「東北海道在這個時候會有很多一般遊客，裡面夾雜了以車為家的人，我聽說這裡的公園也有對吧？」

「是有露宿的旅人。」

「他們都在哪裡活動？」

川久保說了展望公園的名字，前些天簡易郵局局長河合說那裡有些以車為家的人，令人不太舒服。

長嶺走向辦公室牆上的地圖，想找出展望公園的位置。

他看著地圖說：「如果今天找不到嫌犯的線索，明天方面本部就會派人來支援了。」

「要成立搜查本部？」

「那倒不至於，總之我們先去問問遊民吧。」

川久保走進廚房泡咖啡。

長嶺當天下午一點又出現在駐在所。

「不行。」長嶺失望地說：「沒有什麼餓肚子的遊民，全都是些清白的旅人。」

川久保今天上午巡視火場，例行巡邏完，回來時差不多也是下午一點。

川久保對長嶺說：「防犯協會的人等等應該會來，他們想知道是不是有什麼新的偵辦進度。」

「現在還沒有情報可以告訴他們啊。」

「一個晚上兩起火警，也難怪他們想問清楚。」

「明天就會有支援過來，告訴他們幾天內就可以破案了。」

「真的要這樣說？」

「其實這應該由長官來說，但是你說很快能破案，應該是保險的回答？」

「所以我叫他們放心就好？」

「就算沒辦法迅速破案，我也沒辦法負責啊。」

長嶺說完就到後面去借廁所。

下午六點出頭，防犯協會的三名幹部來到駐在所。

防犯協會會長吉倉先作勢要所有人安靜，然後詢問川久保。

「嫌犯是誰，應該有眉目了吧？」

「還沒有，但是釧路方面本部明天就會派人來廣尾警署支援，大批探員會迅速破案，我想應該不用太久就會抓到人了。」

吉倉問：「你說支援明天會來？」

「應該是。」

「那今天晚上怎麼辦？」

「你的意思是？」

「這七天內已經有四起縱火案，我想問警察今天晚上有什麼打算。」

川久保謹慎回答：「探員們沒有告訴我偵辦詳情，但是警方一定會全力偵辦，今天晚上當然也不例外。」

「癡肥的刑警跟菜鳥一個，他們真有本事抓到縱火犯嗎？」

「目前投入偵辦的刑警都很優秀。」

「是嗎？」

「你這豈不是以貌取人？」

「我抱怨的是警方的態度，而且我們很擔心今天晚上，大家可以安心睡覺嗎？還是要熬夜巡邏？」

「大家只要鎖好門窗小心火燭，當然可以安心睡覺，一旦出事我會馬上趕到。」

吉倉說：「駐在警察單身上任，碰到這種時候就麻煩了。我說過了，警察先生出外巡邏，太太在駐在所接電話才是駐在所正確的運用方式吧。」

川久保盯著吉倉。

沒錯，就是他。

果然是這傢伙向轄區警屬的署長抱怨川久保單身上任，他身為防犯協會的會長，可以輕易要求署長調動人事。

川久保說：「我會盡力而為，請相信警方。」

地區安全推廣員中島說：「前兩件火警不就該成立搜查本部了嗎？就是前面兩件沒解決，才會有昨天的連續縱火吧。」

「目前還沒證明關聯性，可能只是碰巧。」

「怎麼可能？」

吉倉接著問：「聽說嫌犯是旅人，不然就是遊民？」

「目前沒有特定對象。」

「聽說刑警到公園去問過話？」

「我不清楚偵辦的詳情。」

「所以你根本不知道有沒有特定對象？」

「有了重要進度才會聯絡我。」

「其實西町的簡易郵局局長今天早上來找我們談過，他說最近愈來愈多奇怪的遊民，還有以車為家的可疑人物。局長懷疑前天西町的火警就是那些人幹的，而且最近公園裡確實也多了很多來路不明的人對吧？」

防犯協會理事川西說：「聽說還有人說這裡的波動不錯。」

「有那種人出沒就慘了。」吉倉點頭：「不會只是縱火而已。」

中島說：「吉倉先生說得對，今晚警察怎麼打算？要上街巡邏嗎？」

川久保回答：「我會去巡邏到凌晨三點天亮，請各位居民放心睡覺吧。」

「你能保證絕對安全？」

「我不能保證，但是盡力而為。」

吉倉起身，顯得難以接受。

「我看居民應該組織巡守隊，同時趕走遊民，我還要向警方要求強化駐在警力才行。」

當天深夜一點左右，川久保開著警車在町裡巡邏，手機突然響了起來。是片桐義夫打來的。

「起火了！警察先生人在哪？」

又來了？

川久保回答：「我正在西町，沿著町道北四線往東，火場在哪？」

「本町的北二西二，宮崎汽車事務所。」又是街區，從川久保現在的位置來看要往南走。「就在我家附近，消防車剛到。」

「我馬上到。」

到現場一看，路邊已經聚集五十多名看熱鬧的民眾，還有兩輛消防車正在灑水。火勢還不算很大，倉庫內部冒出的濃煙也不算多，應該很快就可以撲滅。不過現場有橡膠燒焦的味道，難道裡面燒的是輪胎？

火場附近有個穿工作服的中年男子，似乎是宮崎汽車的社長，他正大呼小叫地指揮一堆年輕人在隔壁的廠房裡搬東西，應該是要移開易燃物。

川久保正要下車，警用無線電就響了。

「火警，志茂別本町北二西二，請前往現場。」

川久保簡短回應：「已經到了。」

「真快。」

「我正好在警備巡邏中。」

「辛苦了。」

此時吉倉走了過來，穿著羽絨外套，頭戴棒球帽，帽子正面用金線繡著志茂別町防犯協會幾個字。

吉倉說：「早知道今天晚上就該派巡守隊出來，拖太久了。」

川久保問：「另外一件事怎麼了？」

「你是說遊民問題？」

「記得你們要把遊民趕出公園？」

「不是，是要趕出町裡，明天就要去找町公所陳情，要公所立刻禁止在河濱公園露營，晚上還要封閉停車場。」

「吉倉先生到這裡多久了？」

「起火了才到。」吉倉顯得有些不解：「怎麼這麼問？」

「只是聽你想驅趕遊民，不知道今天晚上在附近看到遊民沒有。」

「沒看到，看到就會通知你。」

「你趕到的時候，這裡有哪些人？」

「都是町裡的人。」吉倉面露不悅：「你想說什麼？」

「我想找第一個發現的人，還有最早趕來看熱鬧的人問話。」

「你說是町裡人幹的？」

「我有聽說這樣的風聲。」

「你是說合併那件事？」吉倉瞪大眼睛，似乎恍然大悟：「這麼說來宮崎先生也是個大推手喔。」

川久保上前去指揮看熱鬧的民眾。

今天大路也出現在群眾之中。

大路看到川久保就說：「又來了，是第幾起啦？」

「從八天前算起是第五起了。」

「看來是連續縱火不會錯。」

「這兩天的應該是。」

地區安全推廣員中島走上前來質疑川久保：「警察幹什麼吃的？怎麼連續這麼多件？町裡人都慌啦！」

大路安撫中島之後說：「這下真的要考慮重新保火險了。」

中島也說：「這樣才好，警察不可靠，保險才可靠。」
川久保的手機響了起來，來電顯示是長嶺，他按下通話鍵。
「你也聽說了？」
「我正往那邊趕過去，幸好先補眠了。」長嶺說。
「火勢不大，應該很快就會撲滅。」
「你應該沒有把群眾拍下來吧？」
「對，但是都是熟面孔。」
「我想也是。」
川久保掛斷電話，仔細端詳今天晚上每個看熱鬧的民眾。

隔天上午十一點，長嶺來到駐在所，身邊一樣帶著小關。或許是火警連發的關係，長嶺顯得有些憔悴，看來昨天晚上也沒回家休息。
長嶺拿出罐裝咖啡拉開拉環說：「聽說報社記者來了？」
川久保說：「不清楚，我沒聽說有什麼採訪，支援警力有什麼消息？」

「釧路派了四個探員，正在四處打聽。」

「還是鎖定遊民？」

「嗯，是我說了這個方向。」長嶺喝了口咖啡繼續說：「不過支援警力認為也有可能是當地居民的挾怨報復。」

「合併的事情？」

「對，縱火動機除了破壞和追求刺激，也可能是報仇。四個被害人只要有相同的困擾，就能找到動機和兇手。」

「但是你不贊同對吧。」

「我的感測器覺得不對，縱火犯就是肚子餓了。」

川久保看著長嶺手上的咖啡罐說：「我去沖個好咖啡，要嗎？」

長嶺看看咖啡，又看看川久保。

「那就不客氣了。」

川久保進廚房泡了三人分的咖啡，他請老婆每個月送札幌咖啡專賣店親自烘焙的好豆子來，因為不要說町上，就連轄區中心廣尾町都沒有賣好咖啡豆。對單身上任的川久保來說，這是唯一的奢求。

回到辦公室把咖啡遞給長嶺與小關，長嶺喝了一大口，走到牆上的町地圖前面，地圖上插了五支紅色大頭釘，川久保用它們標出火警地點。

長嶺舉起咖啡杯問：「這咖啡豆是不是不太一樣？」

「從札幌送來的。」

「果然好喝。」長嶺口氣不變：「奇怪的是第二起，後面三起都在街區，只有第二起離町上六公里遠。」

川久保問：「第一起在山腳下，不是更遠？」

「那是在地年輕人不小心燒了房子，大家都猜得到是誰幹的，只是沒有告訴警察。」

「連續縱火是從第二起開始？」

「對，但是第二起的地點很遠，從街區走國道輾轉長達六公里，不知道為什麼要先從這裡下手。挾怨縱火的說法也沒辦法解釋這一點，只能硬掰是町議會議長的舊屋在這裡，縱火犯才千里迢迢跑來縱火。」

川久保突然想起什麼而起身。

「地圖上只有畫出汽車的行駛路線，但是河岸有一條很長的慢跑步道。」

川久保用手指畫出慢跑步道。

長嶺訝異地說：「原來有捷徑？」

「車子不能開上去，但是半夜也沒有路人，可以騎腳踏車上去。只要走這條路，就可以避開耳目從街區前往佐久間家。」

「原來還有這條路啊。」長嶺把咖啡杯放在辦公桌上，對川久保說：「等等請你再沖一杯給我。」

長嶺準備離開駐在所，川久保問：「你要去哪？」

長嶺稍稍轉頭回答：「慢跑步道，我要試著從河濱公園走到西町火場。」

長嶺說完就搭上小關開的偵防車，駛離駐在所。

大概兩小時之後，長嶺又回到駐在所，脫下西裝外套捲起襯衫袖子，顯得滿頭大汗。

長嶺一進駐在所就說：「給我杯咖啡吧。」

「怎麼了？」川久保問。

「都是同一個人幹的，地形問題解決了。」

「什麼問題？」

長嶺解釋，三天前的火場與街區內三起火警，如果以一般馬路來看相隔有六公里之遠，假設是同一個人縱火，犯案範圍未免太大。如果縱火犯有開車，街區三起火警的範圍又嫌太小，這兩組火場實在沒有明顯的共同點，所以長嶺無法決定是否為同一人犯案。

但是實際走過慢跑步道之後，他發現所有連續縱火的火場都在步道旁邊，乍看之下縱火犯的犯案範圍很大，其實都在河岸慢跑步道附近兩百公尺以內。所以縱火犯的窩不是某個點，而是一整條步道。

長嶺說：「縱火犯在同一個地區不斷犯案，第一次在佐久間家縱火之後也是利用慢跑步道逃走。」

「所以你覺得是遊民幹的？」

「至少是個餓肚子的人。」
「河濱公園沒有這種可疑人物吧？」
「河岸很大，應該有可以躲的地方，還有兩座橋，你巡過橋下沒有？」
「看過，目前沒有人在橋下露宿。」
此時有人敲了駐在所的玻璃拉門，川久保一看是個在地的中年男子，似乎有話想說。
川久保將男子請進門。
「發生什麼事了？」
男子說自己姓佐貫，他不斷偷瞄著長嶺。
「其實大概一個星期之前，我家也失火了。」
川久保訝異地看著佐貫。
長嶺擠到佐貫面前：「快說個清楚！」
佐貫說一個星期之前，大概晚上八點左右，家裡的小孩在院子裡放煙火，後來到了晚上十一點，倉庫裡突然起火。幸好火勢還沒擴大就被發現，家裡人自己就撲滅了。只是家人都以為是小孩放煙火造成的，所以沒有報警。

後來聽說連續縱火案，才心想有可能是相關的案件。

長嶺問佐貫：「你是農戶？」

「對。」

「家裡有東西被偷嗎？」

「沒有什麼值錢的東西被偷。」

「你家在哪兒？地圖指給我看。」

佐貫走到地圖前面指著一個點，川久保立刻插上紅色大頭釘。

這地方剛好在第一起火場與三起街區火場的正中間，而且就在慢跑步道的邊上。

「這下沒時間喝咖啡了。」

長嶺與小關開車離開駐在所。

當天晚上町裡決定緊急召開町民會，由防犯協會通知町內所有自治會的理事，針對火災進行討論。防犯協會的通知傳真上註明開會時間是傍晚六點，地點是本町的活動中心，還說要準備驅逐可疑人物，並在晚間派出巡守隊。

川久保也接獲出席通知，要提供偵辦進度，並以警方立場提出建議。

下午五點，長嶺來到駐在所，說馬上要趕回廣尾警署。

「我們係長說有事要拜託你。」長嶺說。

川久保先讓長嶺坐下再問：「什麼事？」

長嶺斜坐在椅子上說：「我們今晚要派出六名探員準備現場逮捕縱火犯，希望你不要告訴町裡的人。」

「你認為犯人還會繼續縱火？」

「一定會，縱火犯已經瘋了，不被逮住就不會住手。而且縱火犯本身應該也想被逮，所以我們要負責上銬。」

「你們已經推測出下一個目標？」

「有幾個可能地點，其中一個讓我的感測器叫不停。」

「為什麼要瞞著居民？」

「他們不是決定晚上要派巡守隊？」

「有些地方昨天晚上就開始了。」

「巡守隊會把縱火犯逼急，壓力愈來愈大，最後可能忍不住縱火燒有人住的地方，那就危險了。」

川久保問：「那我能做什麼？」

「希望你在集會上說服大家不要組成巡守隊，而且不要說有派人埋伏。」

「這可真不簡單。」

「這是係長拜託，不對，係長命令的。」

「我沒信心說服他們。」

「幹吧。」長嶺站起來說：「我個人也覺得，直接搜索河岸會比蹲點埋伏有效果。」

果不其然，川久保在會上遭到嚴重抗議。

「就是因為警察沒有作為才會一直失火！」吉倉怒罵：「居民現在是在

幫警方盡責，我們不聽警方的話！」

川久保只能不斷重複同樣一句話。

「我會通宵在町裡巡邏，各位只要鎖好門窗，小心火燭就好。」

「就是不夠好才會一直失火啊！」

「警方會派人支援，現在已經有大批警力在拚命偵辦，不出多久就會抓到縱火犯了。」

「你昨天也這樣講，昨晚還不是被縱火！」

「今天晚上警方的動員力不一樣。」

「刑警們不是都回去了？町裡沒看到人啊。」

「他們沒有通知我現在人在哪裡。」

「總之我們不管！今天晚上開始巡邏！」

川久保深吸一口氣，上前一步盯著與會群眾，所有人停止交頭接耳，屏氣凝神。

「我是擔心各位的安危。如果巡守隊真的碰到縱火犯該怎麼辦？」川久保指著眼前一名男子問：「請問你怎麼打算？」

男子笑著說：「碰到了一定追上去抓人啊。」

川久保說：「縱火犯可能有凶器，可能是菜刀，甚至是霰彈槍。町裡去年有狗被槍打死，兇手到現在都還沒抓到，如果縱火犯持槍頑抗，你還會追上去嗎？」

眼前的男子笑不出來。

川久保又說：「如果派出大批巡守隊，或許可以把縱火犯抓起來，但是也肯定會有人受傷，甚至比受傷更嚴重。這裡有人看到縱火犯揮舞凶器還敢衝上去抓人嗎？有沒有人自願？」

與會者面面相覷。

「這件事攸關各位的生命安全，我不希望看到有人受傷，請交給警察處理吧。」會場的氣氛似乎開始轉變，激動與憤怒慢慢消退，大家都冷靜下來。

大路突然舉手。

吉倉指著大路批准發言。

大路站起來看看眾人說了：「警察先生說得對，就算我們派出巡守隊，能做的也不多，要是巡守隊受傷就更划不來，我想還是交給警察比較好。」

吉倉不滿地說：「巡守隊有嚇阻效果。」

大路搖搖頭：「大家都有看到，町裡現在有一大堆警察，嚇阻效果已經夠好了。」

又有一個人發言：「驅逐可疑人物這件事情我也有意見，現在有不少農家得依賴公園裡的旅人來打零工，我想驅逐行動應該暫緩，要是零工少了，農家也不方便。」

有幾個人開口附和。

地區安全推廣員中島做出總結：「好吧，驅逐可疑人物跟派巡守隊這兩件事，我們觀察一陣子之後再決定。」

結果，贊成的聲浪變成了大多數。

當天晚上九點十五分有人報案。

川久保吃了一驚，今天晚上這麼早？

他當時開著警車經過街區公所前面，立刻降下駕駛座車窗，消防車的警笛聲劃破夜空。

轄區值班警察報出火場的地址。

「志茂別本町南九西二，大路開發事務所。」

「了解，立刻到場。」

拿下對講機，川久保打開警笛與警示燈，猛踩油門。

沿國道往東走，經過舊站前路前往指示地點。地點在昨天宮崎汽車火場前面，街區南邊的國道邊上。

火場位於鐵絲網包圍的廠區內，裡面有幾座倉庫跟鐵皮屋，其中一座辦公室兼宿舍的兩層樓建築燒了起來，火勢相當大，火花從窗戶裡竄出，二樓外牆也冒出濃煙。

兩輛消防車正在灌救，但消防員的動作似乎有些遲緩，或許是連日出勤已經累壞了。

身穿工作服的大路站在其中一輛消防車後面，雙手環抱身子似乎渾身發冷，臉色在火光下顯得十分蒼白。

川久保走上前去，大路明顯在發抖，連牙齒都直打顫。

川久保問：「裡面有人嗎？」

大路看到川久保就像見到鬼一樣害怕，虛弱地搖頭。

「沒有人是吧。」川久保再次確認。

「現在沒有。」大路的聲音十分沙啞：「二樓是公司宿舍，但是五月開始就沒人了。」

大路身上工作服的袖口有點髒，看起來像被火燒過。

「是你發現的？有受傷嗎？」

「沒有，事務所對面的人家打電話報警，我才會趕過來。」

「你家在哪裡？」

「離這裡兩個路口。」

「車別停在附近。」

「我沒開車，還停在家裡。」
廠區外開始有看熱鬧的民眾聚集。
吉倉也在裡面。
吉倉氣鼓鼓地走進廠區，對著川久保大罵。
「我就說會再發生吧！都是你礙事！」
川久保舉起亮光指揮棒把吉倉往後推，吉倉邊抵抗邊罵。
「我已經跟署長說過，現在的警力沒辦法維持治安！看吧！」
川久保推著吉倉，心想長嶺跟轄區的探員們到哪裡去了？不是要埋伏嗎？他們埋伏在哪裡？他們認為縱火犯會出現的地點是？
過了一個小時，長嶺才打手機來報告。
「逮到嫌犯了，侵入民宅的現行犯。」
川久保看著還在冒煙的大路開發事務所，一接電話訝異地眨眨眼。
「逮到了？長嶺兄你在哪兒？」
「就那家冰淇淋店，冰箱被人翻過的那家。」

原來長嶺埋伏在街區西面的第一個火場。
川久保問：「你知道這裡起火了嗎？」
「我聽說了，可能是縱火之後又跑來這邊。」
「嫌犯是誰？當地人？」
「不是，是遊民，我要把人帶回署裡，你今天可以早點睡了。」
川久保還沒回話，電話就掛斷了。
大路臉色蒼白地問川久保：「抓到人了？」
川久保說：「對，現行犯逮捕。」
「是縱火犯？」
「是非法侵入民宅。」川久保解釋：「嫌犯走投無路，回到上次吃過甜頭的地方再幹一票，老手們知道嫌犯一定會回來，嫌犯就中了警方的埋伏。」
「那就放心了。」大路說，但話音卻帶著陰沉：「總算結束了，放心啦。」
建築物不斷燃燒，傳出玻璃或機械受熱爆裂的聲響，側面的窗戶不斷冒出濃煙。

縱火犯是四十二歲的男遊民野口明，有縱火前科，今年春天從日高往帶廣方向健行，半路滯留在志茂別町的河濱公園，五月就在附近的馬鈴薯農家打工。種完馬鈴薯之後沒工作，開始闖空門，但是偷不到幾個錢，為了洩憤並湮滅證據而縱火燒房子。第一次縱火之後畏罪逃離河濱公園，躲在河岸草叢中度日，白天蓋塑膠布睡覺，晚上闖附近的辦公室與倉庫，感覺這個人已經完全放棄人生了。

這些是川久保去警署報到時聽長嶺說的。

長嶺又說：「真不知道這個人是老實還是狡猾，今天什麼都認了，明天又打死不認，口供問得好辛苦啊。」

川久保問：「所以他不是每起都承認？」

「對，他說大澤舊農家的火警跟他無關，而他被逮的那天，大路開發的縱火案也不肯承認。只否認一部分，刑責也不會比較輕啊。」

川久保邊聽邊點頭，然後離開警署。

逮到嫌犯後過了二十天，長嶺又來到志茂別駐在所，似乎對某些事放不下心。川久保親切地請長嶺進來。

「早猜到你會來，只是沒想到這麼晚。」

長嶺訝異地說：「你知道我為什麼要來？」

「移送嫌犯之前，想確認他堅持否認的案子。」

長嶺苦笑：「看來我都寫在臉上了，不過老實說，我只是來喝杯咖啡。」

「只喝咖啡？」

「就，喝個咖啡順便交換情報吧。」

「上面硬要你逼出最後一起火警的口供？」

「係長說只要再兩天就可以逼出來，但是我覺得不可能。嫌犯都已經縱火那麼多次，多承認一起，刑責也不會比較重，但是他還是不肯招。」

「所以不是野口幹的。」

「可惜這是少數意見。」

川久保從辦公桌抽屜裡拿出日誌，翻到貼有便利貼的某一頁。

「最近碰巧聽說那些連續縱火案的被害者，都在兩天前領到保險金。大路開發也買了保險，而且被害者都是町裡的仕紳，很快就審過了。」

長嶺瞪大眼睛，嘴角微微上揚。

「然後我又碰巧聽說，最後一起火警那天的下午，大路買了不少烤肉用品，還包括火種。但是我去問附近鄰居，沒有人說他喜歡烤肉。」

長嶺露出微笑，似乎對這情報並不感到意外。

川久保又說：「大路社長在公司發生火警的隔天，到町裡藥局去買燙傷用藥，向店員說他的手燙傷了，問有沒有可以去膿的內服藥。但是他並不是第一發現者，也沒有加入救火行動，不知道為什麼會燙傷。」

長嶺微笑點頭：「我記得他手上的繃帶，做筆錄的時候問過他怎麼會受傷，他說是滅火的時候被燙傷。火警當時我沒在現場，所以也沒理由懷疑。」

「你的感測器關機了？」

長嶺抓抓右耳朵邊上。

「我家長官覺得抓到野口就快結案，沒想過被害人的口供有沒有問題。」

「所以決定全推到野口頭上？」

「是啊。」長嶺無奈地搖頭：「我的感測器真的對繃帶有反應，但是我的右腦以為是故障，或許是逮到現行犯把我給沖昏頭了。」

「埋伏過程中正好抓到現行犯，當然會被沖昏頭。」

「光逮到現行犯就值一個刑事部長獎，係裡的人都歡天喜地，想說抓到野口一個人就夠了。」

「但是有個探員覺得不能接受。」

「我只是覺得嫌犯否認的案子就要重新查過。」

「是否很棘手？」

「也不是。」長嶺笑說：「只是覺得一個月要抓兩個縱火犯，可能會用光我這輩子的運氣，啊，另一個是縱火加詐領保險金才對。可惜不能讓你去逮大路了。」

川久保微笑搖頭，「我是穿制服的駐在警察，職責是打聽地方上的小道消息，只有正牌探員才能偵辦案件、逮捕嫌犯，所以我不放在心上。」

長嶺起身說：「那我去找大路兄談談，咖啡等等再喝吧。對了，問你件事情。」

「什麼事？」

「我想送個禮物感謝你收集地方上的小道消息，還有幫我們阻止了巡守隊，你想要什麼？」

「你個人嗎？」

「說上頭會給。」

川久保心想，當下最想要的就是假日，回札幌跟老婆相處，跟女兒在家吃飯，所以最好是除了特休之外還能多一個星期的假。

但川久保沒說出口，因為長嶺想聽的不是這個，而且就算說了也不會實現。於是川久保說：「只要大路認罪的時候告訴我一聲就夠了。」

長嶺再次微笑，那張圓臉顯得更加親切，更加天真。

所以旁人才會被他的笑容與體型給騙了。

# 扮裝祭

川久保篤巡查部長從上一任駐在警官手上接過這個職務以來，一直很在意十三年前發生的某件女孩失蹤案。

「有個小學女生亞矢香失蹤了，到現在都還沒破案。」上一任志茂別駐在所的駐在警官說：「到我這裡已經拖過三任了。」

每年八月夏日祭的晚上，町廣場都會舉辦扮裝盆舞大會，女孩就是在那天晚上失蹤。女孩當時七歲，家住横濱，當時是碰巧暫住當地。

警察花了四天搜索整個町，卻沒能找到任何線索，甚至無法判斷有沒有犯罪情事，負責偵辦的探員們在夏末的時候就解除任務了。

今天晚上也是夏日祭的扮裝盆舞大會，志茂別駐在所的警察川久保來到活動中心廣場（夏日祭活動會場）旁邊，不禁想起這件案子。這是川久保第二次過當地的夏日祭，但是去年因為下雨，主要活動幾乎都停辦，所以這才是他第一次真正的夏日祭體驗。

廣場大概一百公尺見方，中央有木製舞台，舞台正中央還有鋼管搭乘的高台。高台上有兩個穿背心的男人以磅礴氣勢打著和太鼓，音響放的似乎是栃木縣民謠，每年夏日祭都會放這首民謠，因為本町的開拓者就是栃木人。

高台周圍有上百名婦女會的會員穿著同款浴衣在跳舞，往外更有兩、三百個民眾在觀賞。廣場上大概搭了五十多個帳棚，賣些關東煮、蕎麥麵、烤雞串之類的。志茂別町每年最盛大的活動，就是今天晚上的盆舞和明天的煙火大會。每年這兩天會有大概六千人參加活動，幾乎是整個町的人都來了，但實際上應該有不少觀光客是來自周邊地區。

轄區警署今天傍晚應該要增派警力來支援，但現在只有川久保一個駐在警察顧著盆舞活動。

他把警車停在廣場邊上，倚著警車欣賞盆舞，突然一位老先生片桐義夫走向他，左手拿著玻璃酒杯，右手拿著烤肉串，圓領白內衣配深藍色背心，背心的衣襟上印著「志茂別町振興會」幾個白字。

「警察先生。」片桐站在川久保身邊，一起欣賞盆舞：「以前出過那麼多事，現在每年一到夏日祭就希望別出事了。」

川久保問：「出過哪些事？」

「吵架打架之類的，有些地方的人就是喜歡打架。」
「還有呢？」
「煙火大會也出過意外，還有每年都會出車禍，因為大家都喜歡酒駕。」
「還有女孩失蹤的案子呢。」
「喔，那個啊，那件最嚴重了。」
「我多少看過檔案，真的很詭異。」
「結果也不知道是意外還是犯罪，女孩也沒找回來，如果還活著都二十歲嘍。」
「記得叫做亞矢香小妹是吧？」
片桐看著川久保。
「她叫這個名字？」
沒想到萬事通片桐竟然會忘記這孩子的名字。
「我才剛看過檔案。」川久保說：「她好像是來旅遊的？」
「不是，是北盛那邊別墅群的孩子。」

北盛地區位於本地的西邊，相當於日高山脈彭堯洛馬普岳（Mount Ponyaoromappu）的山麓東邊，這個丘陵地是町營肥育牧場的所在地。泡沫經濟時代，曾經有本州商人在北盛地區的角落開發別墅區，現在樹林裡還坐落著二十座左右的別墅，但屋主都住在東京。

如果亞矢香是別墅屋主的孩子，難怪片桐這個萬事通不認識，或許就連失蹤案本身都沒有人大肆報導過。

川久保問：「後來有聽說什麼風聲沒有？」

「沒有。」片桐搖頭：「後來幾乎沒有任何風聲，畢竟她也不是這裡的孩子，失蹤案又把居民害得一個頭兩個大，後來大家不知不覺就忘記了。」

「一個小女孩失蹤，居民怎麼會一個頭兩個大？」

「當時別墅區和當地居民關係很不好，所以剛失蹤的時候還有人擔心，時間一久就不聞不問了。」

「失蹤的是七歲小女孩，難道沒有人擔心連續失蹤？」

「如果是町裡的孩子失蹤，案子肯定會鬧得更大吧。」

「在那之前跟之後還有發生類似的案子嗎？」
「沒有，就我所知，女孩失蹤就只有那一次了。」
這時有人從攤販裡喊叫著片桐，他對出聲的男子揮揮手，然後對川久保說：「我本來也快忘了，但是今年真的有點擔心，說不定又發生那種事情喔。」
「為什麼？」
「那年的夏日祭很熱鬧，工商會搭著泡沫經濟的末班車，大手筆請了東京的藝人來表演。夏日祭上有歌舞秀，而扮裝盆舞大會的冠軍獎品是雙人韓國旅遊，吸引不少其他町的人來參加呢。」
「這跟今年有什麼共同點？」
「今年不也有歌舞秀？工商會為了慶祝町村合併，一樣大手筆啊。」
今天晚上確實有年輕女歌手的歌舞秀，雖然川久保不認識這名歌手，但在年輕人之間應該很出名，即使大批年輕粉絲從帶廣遠道而來也不稀奇。
「還有呢？」
「扮裝盆舞又開辦了。十三年前的那天晚上有外人扮裝混進來打架，後來就一直禁止扮裝。但是今年又重新舉辦扮裝盆舞，獎品是町內專用十萬圓禮券，大家都很想要。」

又有人從攤販那邊喊叫片桐。

片桐簡短告別之後離開川久保。

川久保思考片桐剛才說的話，有歌舞秀，又重新舉辦扮裝盆舞大會，代表町裡會出現大批看不見長相的外人，與十三年前失蹤案發生當晚十分類似。

川久保坐上警車駕駛座，在町上繞了一圈之後回到駐在所，重新翻閱那份檔案。

身為駐在警察，碰到七歲女孩失蹤且毫無線索，一般會立刻懷疑犯罪的可能性，而且通常是性犯罪。難道當時的駐在警察跟轄區警署都不這麼想嗎？

十三年前的扮裝盆舞之夜，亞矢香小妹失蹤了。

川久保在駐在所翻閱檔案，廣場那邊傳來歡天喜地的聲響，檔案裡有轄區案件報告的副本，但是並非全部，只有駐在警察需要知道的極少部分。

失蹤的女孩名叫大月亞矢香，當時滿七歲。住址是橫濱市港北區，爸爸在北盛地區有座別墅，案發當時跟爸媽和十一歲的哥哥來此地過暑假。

檔案裡也有照片，影印來的照片只有黑白色，女孩的長相十分模糊，只能看出眼睛應該頗大。

案發當天下午六點，女孩一家人開著自用車來到町上街區，車子停在停車場之後一家人進入廣場，當時廣場的臨時舞台上正要進行歌舞秀。

歌舞秀大概進行了一個小時，休息三十分鐘之後就是扮裝盆舞大會，女孩穿上粉紅色的練習用芭蕾舞衣，背上裝了蕾絲翅膀，扮成一個小妖精。

晚上八點左右廣場裡發生衝突，戒備的駐在警察介入調停，衝突雙方共有八名年輕男子。後來轄區派了警力前來支援，將雙方帶頭的兩名年輕人押上警車，然後喝令其他人離開。

當駐在警察跟年輕人們爭執的時候，女孩的爸媽跑來說找不到女孩，時間是八點五十分。

駐在警察勸女孩的爸媽再找一會兒，畢竟節慶活動還多的是，女孩可能只是在廣場上走失了。

九點三十分，YOSAKOI索朗舞蹈（註：北海道著名的節慶舞蹈）表演結束，女孩的爸媽又去找警察說女兒不見了。

駐在警察與女孩的爸媽一起繞了廣場一圈，然後回到駐在所詢問事情經過，下午九點四十八分才通報轄區警署。

剛才鬧事的年輕人又在郊區繼續鬧事，駐在所接獲報案，結果駐在警察丟下女孩的爸媽前往處理。

等駐在警察回到駐在所，爸媽已經離開，警察回廣場一看，爸媽正在廣場上到處打聽女兒的下落。

駐在警察再次聯絡轄區警署，然後聯絡町上的防犯協會與消防隊，找人幫忙一起找女孩。由於當晚是節慶，一直到十點四十分才找來七個人，而且全都喝了酒，有人醉到連車都不能開。

第一次搜尋的範圍市街區廣場附近與河濱公園，搜尋活動在晚上十二點暫停。

隔天早上八點展開第二次搜尋活動，轄區派了四名警察來支援。當地的消防隊與警察尋找水邊環境，包括河岸與橋下，下午四點搜尋暫停。

再隔天又投入四名探員，在失蹤地點附近打聽女孩的目擊情報，而搜尋範圍則轉往從街區到北盛別墅區之間的道路。

第四天，釧路方面本部開著小艇在志茂別川上搜尋，但毫無線索。

當天決定搜尋活動全面停止，只留下幾名探員負責打聽消息。

大約兩星期後的八月三十一日，警方提出報告書，結束所有相關的偵辦與搜尋活動，亞矢香小妹的失蹤案件遂成為懸案。

看完之後川久保吐了口氣，他的警察生涯還沒碰過任何綁架或失蹤案件，頂多就三、四起離家出走，而且都沒出什麼大問題。

川久保看看當時駐在警察的姓名，是釧路方面廣尾警署地域係的竹內勇三巡查部長，已經是前面四任發生的事了，他當然沒有見過面。

川久保心想，這個駐在警察有妻兒嗎？有女兒嗎？聽到有人說女兒不見了，難道不會想到是綁架嗎？

把檔案放回置物櫃之後，川久保再次前往活動中心廣場，婦女會的盆舞已經跳完，中央舞台上正在安裝音響與燈光，晚上六點登場的歌舞秀即將開始。有許多孩子好奇地看著工人設置裝備，等歌舞秀開場，廣場上應該會湧入兩千名以上的觀眾，是這町裡難得的盛況。

他又想起亞矢香的失蹤案，今年重新舉辦歌舞秀與扮裝盆舞，狀況和十三年前相同，一想到這裡就靜不下心。

為什麼？川久保捫心自問，為什麼只不過是一些活動就讓他回想起這件案子？

答案很清楚，雖然警方擅自結案，甚至不確定是意外或犯罪，但這肯定是一件「失蹤案」。

盛夏祭典夜發生失蹤案，讓他不禁聯想到一個詞，性犯罪。小孩確實可能失足掉進河中，或者摔進某口荒廢的古井，但他還是懷疑犯罪的可能性。

七歲的女孩。

川久保想起兩個女兒七歲時的模樣，可愛得無以復加，同時也開始擔心她們會遭到性侵。兩個女兒七歲的時候都是上札幌的小學，記得書包上總是別著防狼警報器。

川久保不太想承認有些男人對這種小女孩有性衝動，但身為駐在警察，必須接受這個事實。根據他聽來的資訊，這種性侵犯平時看來都很正常，很難從他們平時的生活看出扭曲的性癖好。

如果今天案子破了，發現不是犯罪而是意外，當事人家屬心裡或許還會舒坦一些。

川久保在廣場上走來走去，發現小朋友的人數愈來愈多，包括小學生與中學生。很多孩子戴著看似卡通或漫畫角色的面具，應該是要參加扮裝盆舞大會，其中兩到三成的孩子穿著浴衣。

還有些孩子臉上有動物模樣的彩繪。

有些年輕人準備來看偶像歌手，只是現在穿牛仔褲的年輕人少，穿垮褲、七分褲的人比較多，其中有些也戴著面具。

在廣場上巡了一圈，川久保又回到警車前眺望廣場，突然發現裡面有名女子顯得格格不入。女子戴著墨鏡站在活動中心旁邊，穿T袖配長褲，看起來不像當地主婦。戴著墨鏡看不太出來歲數，不過應該是四字頭的。

仔細一瞧，墨鏡女看的是孩子，似乎仔細觀察每個孩子的長相，但又不像是任何一個孩子的媽媽。

高台對面又有一個人吸引川久保的注意，是個老先生，身穿樸素的開襟襯衫與長褲，頭髮不長，像是某行業的師傅，老先生也專心地瞧著廣場上的小朋友與年輕人。

片桐坐在前方一座帳棚底下的板凳上，與攤販店員有說有笑，川久保走上前坐在片桐對面。

片桐指著一旁的桌子說：「你在執勤不能喝酒，就吃個烤雞吧。」

「多謝。」川久保問片桐：「活動中心旁邊有個戴墨鏡的女人，你認識她嗎？」

片桐望向川久保身後的活動中心。

「這誰啊？應該不是當地人吧。」

「不是當地人？」

「戴著墨鏡很難確定，不過我想應該是外人，太乾淨了。」

「還有一個。」川久保挪動身子問：「我後面有個短髮的老先生，那個人是誰？」

「哦，你說穿灰色開襟襯衫那個？」

「對，是町裡的人嗎？」

片桐望向川久保，露出微笑。

「現在不算是。」

「他是誰？」

「之前的駐在警察竹內兄，不過應該已經退休了。」

「竹內？就是失蹤案發當時的駐在警察？」

「對，隔年他就被調走，聽說調去釧路，今天或許純粹來熱鬧的吧？」

「謝謝。」

川久保起身轉頭離開。

前警官竹內正好也看見川久保，兩人相視，川久保便點頭致意走上前去。

「竹內先生是吧？」川久保說：「之前在這裡的駐在所待過？」

竹內微笑寒暄：「你好，我只是平成初期在這裡待了三年。」

「聽說你已經退休了，今天是碰巧路過？」

竹內的回答有點模糊：「嗯，是啊，路過。」

「今天是夏日祭，歌舞秀快開始了，晚上還有扮裝盆舞大會呢。」

「嗯，我知道，今年又重辦扮裝盆舞了。」

「竹內先生在任的時候也辦過？」

「有啊，記得是把美國的什麼節套在盆舞上。」

「應該是萬聖節吧？」

「當時是很受歡迎的活動。」

「我是第二次參加町上的夏日祭，但是去年下雨，大部分活動都取消，所以不是很熱鬧。今年應該會人山人海，請問警備上有沒有什麼好建議呢？」

「沒有。」竹內抓抓斑白的頭髮：「我已經退休了，沒什麼好建議的。」

此時町工商會的人喊了川久保，川久保對竹內點頭致意之後就離開。工商會的人問了節慶警備的問題，川久保回答之後又回到警車旁邊，觀察整個廣場。

墨鏡女依然站在活動中心旁邊盯著小朋友瞧，竹內在廣場裡漫步，觀察廣場上的居民，但他注意的不是小朋友而是大人。

夕陽西斜，看看手表差不多下午四點，轄區派的支援警力應該快到了，所以川久保先回駐在所一趟。

轄區派了兩名警官來支援，四十多歲的巡查部長前川，以及二十多歲的年輕巡查高野。川久保與兩人談好警備任務分配，支援警力負責注意停車場裡有無車內偷竊，必要的時候就指揮交通。另外這裡是鄉下地方，有人出門會懶得鎖門，所以要他們也提防闖空門。

川久保負責監控舉辦夏日祭的廣場，他將警車停在廣場邊上充當臨時派出所，負責處理小孩走失或失物招領。另外廣場上有許多年輕人，他怕民眾到時打架鬧事，光靠自己無法勸架，就立刻聯絡支援警力前來支援。

夏日祭的活動在晚上十點左右結束，帳棚應該會在結束後三十分鐘內收完，晚上十一點在廣場上巡視最後一次，就結束今天的警備任務。

討論完之後三人回到廣場上。

這時候已經是下午五點，夕陽更往西邊沉了一些，廣場上的燈光也相繼點亮。高台上掛著通往四面八方的繩索，繩索上吊著幾百盞燈籠。

舞台前面的板凳座位已經坐了三、四百名觀眾，不僅有年輕男女，也有攜家帶眷。看似主持人的男子正與舞台工程人員討論協商，舞台旁邊停了一輛箱型車，車窗有掛窗簾，女歌手可能就在裡面。

歌舞秀之後就是扮裝盆舞大會，主辦委員會發的傳單上說扮裝盆舞大會從晚上七點半開始，晚上八點半就是YOSAKOI索朗舞蹈表演。

廣場上有許多扮裝男女，還有穿著花俏背心的團隊，或許是參加舞蹈秀的團隊，有些年輕人像是足球迷一樣把臉塗成藍色，也有不少人戴著吸血鬼或殭屍的橡皮面具，還有人戴著武士假髮，或穿著猴子套裝。

原來如此，川久保心想，如果十三年前亞矢香也是在這種狀況下失蹤，當然不會有什麼目擊者，大家根本不知道誰跟誰說過話，誰又帶走了誰。

竹內當時一定很辛苦吧？正當川久保這麼想，竹內正好走向警車，似乎想對川久保說些什麼。

「川久保先生。」竹內說：「其實剛才沒告訴你，我是擔心某件事情才會回來，想想還是應該來找你談。」

川久保說：「難道是那件失蹤案？」

「你知道了？」

「看過檔案。」

「十三年前案發的時候我在町上駐守，到現在還沒破案。」

「搜索活動規模很大吧？如果是因為案子沒破而內疚，我想竹內先生不必自責。」

「其實也不是自責，而是覺得有點遺憾。」

「我懂，自己負責的案子被打入冷宮，大家都會遺憾。」

竹內望向廣場說：「那天的夏日祭就像今天一樣，有歌舞秀也有扮裝盆舞大會，案發之後兩個活動都停辦了，結果今年又重辦。」

「公所和工商會談妥了町村合併案，士氣大受鼓舞，才決定今年夏日祭要擴大舉辦規模。」

「只希望別出事就好了。」

「什麼意思？」

「以往夏日祭的廣場上都是熟面孔，沒有人能，也沒有人敢做壞事。但是今天有很多外人，還舉辦了扮裝盆舞大會，等於是批准壞心人戴上面具來參加。有心人可以趁這個機會為所欲為啊。」

川久保謹慎地說：「連綁架也行？」

「對。」

「竹內先生認為亞矢香小妹是被綁架的？」

竹內又望向川久保，臉色有些凝重。

「如果現在有人失蹤，警方所有人一定會說是綁架，是性侵。」

「但是當時根本沒有成立搜查本部對吧？」

「這裡不是大城市，當時小孩不見，大家總覺得是掉進河裡，不然就是在山裡走失了。」

「今天的狀況跟當時很像？」

「活動內容很像，所以讓人擔心。」竹內從褲袋裡掏出一份摺好的報紙：「我住在釧路，但是前陣子去大眾餐廳吃飯的時候，其他客人留下一份十勝地方的報紙，碰巧讓我看到這則新聞。」

川久保接過報紙一看，正是介紹志茂別夏日祭的報導，內容寫著相隔十三年，重新舉辦扮裝盆舞大會與歌舞秀。

竹內說：「看到這則新聞我就想起十三年前的案子，當時小女孩穿著練習用的芭蕾舞衣，任誰看了都覺得可愛，有些男人或許還會興奮起來，我就有點擔心。」

「擔心外地的變態看到報導就混進來？」

「我沒這麼說，但是有點在意，心情上七上八下的。」

隔壁一篇報導也提到志茂別町，說是町裡的前教育長不久前過世，帶廣要舉辦教育長的「追思會」，有他生前的五百名學生會參加。

川久保之前也見過他一面，他是當地出身的教育者，德高望重，曾經參加過運動公園管理事務所的落成典禮，但是當時就已經坐著輪椅，身體相當不好。之後還不到一個月，前教育長就過世了。

竹內將報紙收回口袋。

川久保左右看看，壓低聲音問道。

「難道竹內先生當時就有什麼線索？今天來這裡就是想一掃當時的遺憾？」

竹內嚴肅地搖頭：「沒有，我毫無線索，只是擔心而已。」

「話說回來，」川久保作勢看看站在活動中心旁邊的女人：「那裡站了一個戴墨鏡的女人，你認識嗎？」

竹內一看大驚失色。

「那就是亞矢香她媽媽啊！」

「所以是大月夫人？」

「對，聽你一問我才突然想起來，八成是她，摘掉墨鏡肯定是她沒錯。」

「聽說大月家在北盛有別墅？」

「對，但是不知道後來還有沒有。」

「不知道今天是來幹什麼的？」

川久保喃喃自語，離開竹內走向大月夫人。

夫人一發現川久保靠近，立刻緊張起來。

川久保摘下警帽親切地說：「你是亞矢香小妹的媽媽對吧？敝姓川久保，駐在警察。」

女人連忙左顧右盼，但周遭的民眾似乎沒注意川久保說了什麼。

女人摘下墨鏡，看來年紀四十好幾，臉色蒼白而憔悴，但是眼睛很大。

川久保想起那張模糊的影印照片，似乎有點相似。

女人說了：「你怎麼認識我？」

「當時的駐在警察還記得。」
「哦，他也來了？應該沒有穿制服吧。」
「竹內巡查部長已經退休了。」
「那為什麼還來這裡？」
川久保撒了個謊：「他一直很在意那件案子，所以今天才會來。夫人今天為什麼會來？」
「我叫大月啟子。」女人說：「我也忘不了那件案子，所以每年夏日祭都會來，希望能找到什麼線索。今年特別讓我想起那一年的夏天。」
「氣氛很相似？」
「對。」啟子眺望廣場，點點頭：「很多扮裝的孩子，跟當年一樣，之前十幾年的夏日祭都沒這麼熱鬧。」
「為什麼你每年都來呢？應該不住在別墅那邊了吧？」
「每年夏天還是會來住，雖然別墅給我們不好的回憶，但是我覺得亞矢香可能會突然跑回別墅來，所以每次過來還是待在別墅。」

「你丈夫也在？」

「沒有，今年就我一個。」

「如果不嫌棄，我想請你到攤子上喝杯咖啡，請教後來的狀況，如何？」

「為什麼？難道警察願意重新辦這件案子？」

「那倒不是，只是我這個現任駐在警察也跟夫人有同感，覺得可能會有某些線索。」

啟子猶豫片刻之後點點頭。

「也好，我就喝點冷飲吧。」

川久保走到舞台旁邊的攤位，那裡賣飲料和地瓜圓，大帳棚底下擺了十張桌子，桌邊都有折疊椅。川久保挑了最裡面的座位請啟子坐下，自己坐在啟子對面，周遭民眾都對兩人投以好奇的眼光。

「我從警方報告書上看過亞矢香小妹失蹤的經過，真是奇怪的案子，不知道是意外還是犯罪。」

啟子喝了口烏龍茶說：「我覺得是犯罪，她是被人綁走了。」

「能不能請你仔細告訴我她是怎麼走失的？」

啟子說，當年亞矢香是第二次參加町裡的夏日祭，前一年夏日祭首次舉辦扮裝盆舞大會，亞矢香扮成魔法少女，大三歲的哥哥扮成動畫英雄，兩人都玩得非常開心。

接下來有一整年準備隔年（也就是失蹤那年）的扮裝盆舞大會，啟子和女兒討論之後，趁著橫濱玩具店開賣萬聖節扮裝用品，買了妖精的翅膀與手杖來用。隔年夏天全家前往別墅，亞矢香還帶了平時練習芭蕾舞的舞衣。

當天下午六點一家人來到會場，天色還相當明亮，啟子夫妻與兩個孩子一起逛攤位，釣水球或撈金魚。

當時北海道的郡部幾乎沒有人賣萬聖節用品，亞矢香的裝扮格外搶眼，啟子也注意到這點，因為不僅同年紀的小女孩盯著亞矢香看，連不少大男人都盯著亞矢香看。

歌舞秀結束後，廣場上開始舉行扮裝盆舞大會，首先是中學以下的兒童組，接著是社會組，每組繞著舞台跳給觀眾與評審看。

參加兒童組的亞矢香獲得第六名，還在舞台上接受頒獎，有閃亮燈光與麥克風的襯托，亞矢香肯定讓在場觀眾驚艷。

活動壓軸是三組舞蹈隊所演出的YOSAKOI索朗舞，群眾氣氛也達到最高潮。

大月家打算看完舞蹈秀之後就回家，但是孩子們已經膩了，於是啟子帶著孩子們逛起攤位……

啟子說到這裡，舞台音響突然發出巨響，她看了舞台一眼之後繼續說明。

「有丈夫在身邊，有時對孩子的注意力就會鬆懈。因為總覺得只要牽好一個，另一半就會看好另外一個，當時就是這樣。逛攤位的時候我牽著哥哥，以為丈夫牽著亞矢香，結果在人群裡面走著走著，就發現亞矢香不見了。」

川久保問：「你們就立刻去找竹內巡查部長？」

「沒有。」啟子搖頭：「我們先自己找了十分鐘左右，中途丈夫想說亞矢香會不會跑去停車場，就分頭跑去車上看，但是沒有。直到YOSAKOI索朗舞蹈途中我們才去找廣場上的警察先生，說孩子不見了。」

「竹內……」川久保說到一半改口：「駐在警察他當時怎麼處理？」

「他是有聽我們把話說完。」

啟子的表情突然有些陰沉。

「但是？」川久保追問。

「但是感覺不是很在乎，當時剛好有人打架，他叫我們先等一會兒看看，不肯立刻開始找。後來又有人找他處理事情，他就走了。等到舞蹈秀結束，觀眾幾乎都走光，他才願意採取行動。」

「採取怎樣的行動？」

「就只是問主辦單位跟攤販有沒有看到小孩走失，而且等到廣場都沒人了才願意找消防隊幫忙。」

「然後才開始找人？」

「沒有，又過了好久才展開搜索，而且找來的七、八個人都是渾身酒氣。」

記得町裡光是街區登記的義消至少就有四十個人，發出正式召集令卻只有七、八個，確實太少。

「對。」啟子接著說：「這幾個人找了廣場附近，志茂別橋附近，還有河濱公園，但是晚上十二點就中止搜索，說要等到天亮才能找人。」

光靠這些義消確實沒辦法認真找人，頂多只能邊走邊喊名字看有沒有回應罷了。

說到這裡，啟子的臉色更加不悅。

「駐在警察當天決定停止搜索的時候跟我們說，如果女兒回到別墅就打電話到駐在所，代表他當時還不認為亞矢香失蹤了。」

啟子語尾顯得有些激動，然後戴上墨鏡眺望廣場。

「即使已經過了十三年，我還是不肯接受最壞的狀況，總覺得是哪個沒有女兒的太太帶走了亞矢香，並把她好好養大。所以我每年夏日祭都會來，希望能見到長大之後的她。」

「那夫人就不該戴墨鏡了。」

啟子嘴角微微揚起，看似微笑。

「我只是覺得自己盯著小孩看的眼神很嚇人，才會戴上墨鏡。再說就算她沒注意到我，我一定也會先找到她。她今年也二十歲了。」

此時主持人出現在舞台上大聲高呼。

「志茂別町的鄉親，大家晚安！」

觀眾們也高聲回應。

「晚安！」

看來歌舞表演要開始了。

啟子站起身：「雖然我不接受最壞的情況，但是心底還是有幾分準備，或許我早知道亞矢香再也不會來到這個夏日祭了。你說得對，戴墨鏡等她來不太合理，或許我只是痛恨、嫉妒那些幸福的孩子，而且自己都很清楚這點，才不敢摘下墨鏡吧。」

觀眾席響起歡呼與掌聲，啟子輕輕鞠躬之後離開帳棚。

川久保也起身離開，他穿著北海道警察的藍色夏季制服，就必須回到廣場巡視，阻止扒竊與打架鬧事。

川久保差不多把廣場繞過一圈之後，片桐老先生在旁邊的帳棚裡喊住他，這次手裡拿的是易開罐啤酒。

「晚餐怎麼打算？」片桐問：「吃這裡的手打蕎麥麵吧。」

川久保說：「我打算直接吃早餐。」

說到這裡，川久保想到問題要問片桐，就坐在片桐旁邊。

「你說過別墅區跟當地居民處得不好，這是為什麼？」

「我有說過？」

「剛剛才說的。」

片桐苦笑。

「只是聽說而已。」

「聽誰說的？」

「町裡的評論家，我想每個地方都有人喜歡邊喝酒邊說人不是，那群人最喜歡罵別墅區的，因為別墅區的那群人不會回嘴。」

「這些評論家是怎樣的人？」

「就公所、工商會、農會的人吧。」

「為什麼要罵？」

「別墅區的人蓋別墅的時候沒有聘請當地的工程行，幾乎都是找帶廣的木屋業者，或是廣尾的工程行。就連屋裡的設備裝潢都是找其他町的業者來處理，所以蓋了二十座別墅，町裡卻幾乎賺不到一毛錢。」

「他們不是買了土地，還在這裡購物嗎？」

「公所跟工商會的人說啊，別墅族小氣又愛抱怨。」

「但是町裡也有幫忙開發別墅區吧？」

「町裡認為開發批准得很早，是給別墅區一個人情，但是別墅區的那些人每年只會來住幾天，也不跟當地居民交流。就算找他們收町會的會費，他們也說自己不住這裡不肯交。我想別墅區的人應該也沒繳NHK的電視費，但是每戶都有裝衛星電視天線。」

「所以小孩不見了，町裡人的反而開心？」

「我沒這麼說，話說那年春天的黃金周連假，有個別墅區的老爺爺去山裡摘菜的時候迷路，町裡的消防隊全面出動找人，隔天是找到了，但是你知道老爺爺怎麼說嗎？」

「不知道。」

「他說他根本沒迷路，也沒請人來救。」

「碰到這種情況，町裡會請他支付搜救費用嗎？」

北海道每年都有許多人發生山難，所以部分地方政府決定要請落難人自行支付搜救費。那個迷路的老先生是不是怕付錢，才堅持自己沒有迷路？

片桐說：「我們町裡沒有這個規矩，但是大家放下工作，只帶著行動糧就去救人，老爺爺卻這麼說，確實有人認為要好好討一筆回來。」

川久保心想，這就是鄉村與城市常見的對立心態，這町裡居民對城市人的眼光，跟其他町居民應該差不多。

此時有個人喊了川久保，是個穿短袖襯衫、別著臂章的男人，應該是主辦委員會的人。

「警察先生，那裡好像有人鬧事。」

川久保立刻起身前去查看。

到場一看並不是鬧事，而是情侶鬥嘴，一對年輕男女因故爭吵，女方蹲下來哭了。

經過確認，男方沒有動手打人，女方也證實這件事。

「好好談啊。」川久保拍拍女方的背，扶她起身。「你害他被誤會了，難道你希望他被抓？」

女方心不甘情不願地起身。

川久保又繞廣場一圈，歌舞秀已經開始，來自北海道的年輕歌手唱著流行歌，手舞足蹈。走到舞台正面，音響音量相當大，觀眾席後方的年輕觀眾紛紛起立，高舉雙手跟著打節拍。

竹內站在舞台側邊，雙手插口袋，仔細觀察每個觀眾的長相。

川久保走上前問道。

「發現什麼可疑的人事物沒有？」

竹內瞥了川久保一眼，搖搖頭。
「沒有，只是心裡覺得更慌了。」
「氣氛更熱鬧了，熱鬧反而嚇人。」
「跟那天晚上很像，甚至連台上的女孩看起來都跟當晚一樣。」
「能不能請教一件事？」
竹內斜眼看著川久保：「什麼事？」
「聽說當晚決定要搜索的時候只來了七個消防隊員，代表當晚的搜索根本不確實，這是怎麼回事？」
竹內面有難色，似乎是有難言之隱，最後舔舔嘴唇說了。
「就在夏日祭前不久，町裡不巧跟轄區幹上了。」
「幹上了？」
「對，當地拆除業者的D型倉庫發生火警。」
竹內輕聲描述當時的經過。
就在夏日祭前一個月，街區南端某家拆除業者的D型倉庫發生火警，當時的駐在警察竹內趕到現場，正好碰到轄區刑事係派來的四個人。後來竹內才知道這家拆除業者涉嫌偷煉柴油，警方正展開祕密偵察。

刑事係的負責探員一接到火警報案，擔心是嫌犯要湮滅證據，所以立刻趕到現場。

街區南端也算是街區，所以當地消防隊總動員拚命救火，但是探員們卻叫竹內帶頭衝進拆除業者的辦公室，即使窗外火勢熊熊，還是要抓人問話。好不容易撲滅火勢，探員也問完了話，證實拆除業者並沒有偷煉柴油，也沒有縱火。

但町裡人就不高興了。明明發生火警，警方卻給火場主人套上莫須有的罪名，不幫忙救火只顧著問話，結果居民的不滿就直接上報給轄區警署署長。

防犯協會會長、消防隊長、町裡仕紳全都聚在一起，把竹內叫來強烈抗議警方對火警的處理態度。

防犯協會會長說：「如果警察認為偵訊比滅火更重要，那麼防犯協會跟消防隊往後將要跟警方保持距離！就算你們找我們幫忙，也別指望我們會有多積極！」

之後不到一個月就發生了亞矢香的失蹤案。竹內在晚上十點請防犯協會和消防隊幫忙搜索，但是只有七個消防隊員過來，而且都在夏日祭上喝了不少酒，全都面紅耳赤。隔天早上再次找人，也只來了二十個左右。當時居民以消極態度，報復警察對町內拆除業者火警的消極，再加上被害人不是町裡的人，或許也是民眾不積極的原因之一。

竹內感慨地說：「川久保先生，你覺得駐在警察最重要的任務是什麼？」

川久保不清楚問題的意涵，只好給個保險的答案。

「應該是維持地方治安吧？」

「具體而言是什麼呢？」竹內的語氣帶點揶揄。

川久保換了個說法。

「我想是避免民眾成為犯罪被害者。」

「不是。」竹內不以為然地搖搖頭：「不是避免民眾成為被害者，是防止罪犯出現，這才是駐在警察最重要的任務。」

「這什麼意思？不就是阻止犯罪案件發生嗎？」

「不一樣。你覺得鄉村民眾跟警方的關係在什麼情況下最糟？舉報違反選舉法的時候。對居民來說，違反選舉法是犯罪，但是沒有被害者。而死板的警察卻硬要在地方上製造罪犯，製造前科。」

這下川久保懂了，日本鄉村居民確實不把違反選舉法當一回事，賄選與遊說甚至被看成貢獻地方。如果有警察檢舉違反選舉法，就是不懂地方習俗的笨公務員。

竹內接著說。

「鄉村最討厭有人變成罪犯，就這樣。所以鄉村駐在警察的任務就是避免製造罪犯，有時候就算町裡出事了，也要盡量避免製造罪犯。否則一旦發生有被害人的犯罪，就會像這個町一樣，防犯協會和消防隊都不肯聽警方的指揮。亞矢香小妹的案子，就是在這個狀況底下發生的。」

川久保說：「所以搜索的強度不夠？明明搜索範圍裡可能就有線索，當時會不會就看漏了？」

「還不只如此。」竹內說：「我跟轄區的人在那場火警出了包，後來町民就變得守口如瓶，大家都怕自己會不會突然就被冠上什麼罪名。當時町民不僅不配合搜索，連打聽消息的時候都不肯好好說話，所以問不到什麼有用的情報。」

舞台正面傳來一陣掌聲，應該是中場休息。

竹內無奈又感慨地說：「當時我只是名駐在警察，沒辦法決定搜索方針，簡直被排除在外。有個女孩在我負責巡邏的廣場上失蹤了，我卻無能為力。」

川久保離開竹內，再次走入廣場。

他邊走邊思考片桐、大月啟子和竹內三人的話，簡單來說就算有人通報小孩失蹤，當時也不會有什麼像樣的搜索活動。竹內本身應該不相信是真的失蹤，而町民認為這個不見的小女孩是「外人」，再加上當時警方與町民交惡，參加搜索的消防隊員根本不認真。就算沒有遷怒報仇的意思，也不會多用心。

如果要找失蹤人口，接獲報案之後應該盡快派人搜索，搜索範圍愈早確定就愈容易找到人。但是過了一個晚上，搜索範圍就會變得超大，更別提範圍內有河流經過了。

以亞矢香失蹤案來說，如果當晚就徹底搜索廣場與街區，或許會找到什麼線索或目擊證人，但是拖到隔天，人手又不足，就算有線索也可能看漏，目擊情報也會變得模糊。要是拖過兩天，找得到就算奇蹟了。

川久保想起交接時的一個問題。

這件案子到底是意外還是犯罪？雖然轄區說是「失蹤案」，但根本就不想成案，只是報警協尋的女孩還沒被找到罷了。至於失蹤的理由則不明。

川久保也無法判斷。

歌舞秀再度登場，觀眾後面開始聚集參加扮裝盆舞大會的民眾，雖然跳的是傳統盆舞，穿傳統浴衣的人卻是少數。川久保想到剛才跟竹內聊過的「萬聖節」，現在確實比較接近那個氣氛，或許是美國電影的影響。

此時川久保發現片桐正在閒逛，一臉紅通通，就上去問個問題。

「目前這裡的觀眾，有多少是片桐先生認識的當地居民？」

片桐開心地環視廣場上的觀眾。

「頂多兩成，扮裝之後根本認不出來啦。」

川久保再次確認：「那個穿浴衣帶醜男面具的，是不是町裡的人？」

「啊，那個我認識，米店的小老闆，剛剛看過他沒戴面具的樣子。」

「他後面那個戴頭盔披黑斗篷的的呢？」

「穿成那樣我就不認識了。」

「那邊那個男吸血鬼好像是本地人喔？」

「看不出來。」

萬事通片桐也只能認出兩成的人，代表一般民眾除了身邊的親友之外，根本不知道誰是誰。

旁邊有群年輕男女在嬉鬧，男孩們穿的像是泥水工，女孩們穿得火辣，應該會被老頑固罵說不檢點。其中一個男孩跟女孩要手機，女孩們笑著揮揮手，離開那群男孩。

有四名小朋友跑過川久保身邊，應該是小學高年級生，兩名女孩穿浴衣，兩名男孩緊追在後，其中一名男孩穿著有航空公司商標的連身工作服，像飛機裡賣免稅商品的地勤人員。另一名男孩穿著日本職棒火腿鬥士隊的球衣，戴著手套，看來應該是扮裝。

川久保走著走著又看到大月啟子，此時並沒有戴著墨鏡，仍緊盯著眼前來來去去的孩子們。

啟子突然臉色大變，像是見到什麼意想不到的東西，川久保跟著啟子望過去，是一群小朋友。

下一秒啟子突然大步向前，撞上眼前的小男生，把小男生撞倒在廣場的草地上，她連忙扶起小男生，接著又往前衝。

川久保也快步走向啟子。

啟子搭上一名小女孩的肩膀，小女孩穿著芭蕾舞衣，背後綁著翅膀，年紀應該七、八歲，小學低年級。

女孩停下腳步，訝異地看著啟子。

川久保也趕到啟子身邊。

啟子雙眼瞪得老大，伸手要摸女孩的頭，女孩頭上有個小頭飾，像是一串小珍珠，啟子打算摸那髮飾，女孩則是厭惡地躲開。

此時出現一對男女，女人還牽著一個小孩，應該是五歲左右的男孩。

「媽媽！」女孩跑向牽著男孩的女人。

媽媽身邊的應該是爸爸，川久保在町裡見過他，記得是土木現業所（註：目前改名爲建築管理部）的職員。

爸爸狐疑地看著啟子，應該是看見啟子打算摸女孩的頭。

啟子很快就收手離開，女孩則與爸媽一起走向廣場後方的攤位。

起子又走向活動中心的牆邊，川久保也跟上去。

「剛才是怎麼回事？那女孩跟亞矢香很像嗎？」

記得亞矢香失蹤當時的裝扮也是小妖精。

啟子停下腳步回頭。

「啊，不是，不是長得像，是我看入迷了。」

「因為裝扮一樣？」

「倒也不是。」啟子顯得混亂又疑惑：「是她的頭冠。」

「頭冠？」
「就是她頭上的髮飾。」
「那個東西怎麼了？」
「很像我當初買給亞矢香的東西，芭蕾舞班要辦發表會的時候，學員都買了一樣的頭冠，跟那個很像。」
「那個女孩也穿了芭蕾舞衣，或許也是班上買的。」
「是啊，也對，應該是這樣。我剛才想拿來仔細看看，可能嚇到她了。」啟子自責地搖搖頭：「突然有個陌生人要來摸頭，難怪她會嚇到。」
川久保試圖安慰：「如果看到什麼讓你在意的東西，請立刻告訴我，我跟你一起去看看。」
「也好，這樣比較有禮貌。」
又是一陣掌聲，看來歌舞秀要結束了。川久保點頭致意之後繼續巡邏。
竹內坐在某個賣零食的攤位上，看來站久了也是會累。
川久保坐在竹內旁邊，竹內開口說：「沒有出事也沒有下雨，是個不錯的夏日祭。」

川久保也同意。

「你還會七上八下嗎？」

「老實說，似乎狀況沒有好多少。」

防犯協會的年輕會員走過川久保眼前，對川久保敬禮，他手上還牽了一個穿著太空衣的小男孩。

竹內說：「還是駐在警察的生活最像個警察。」

「是這樣嗎？」

「對，你聽過警視廳的櫻大哥嗎？」

警視廳的櫻巡查部長，是日本警界無人不知、無人不曉的人物，他的警察生涯幾乎都是擔任駐在警察，一直在東京都台東區的天王寺駐在所任職，去年才剛退休。

警視廳大概有兩百五十個駐在所，而天王寺駐在所是唯一位於山手線圈內的駐在所，櫻巡查部長在那裡任職將近三十年，也在那裡退休。他與當地

居民很熟，又立下許多功勞，所以警視廳乾脆不去動他，屬於特例

竹內說：「在同一個駐在所待上三十年，退休之後還能在那裡當顧問，是我認為最理想的警察生涯。對當地居民來說應該也是理想的駐在警察吧。」

川久保想起北海道警察的人事原則。

「在我們這裡就不可能了。」

由於一名警官失控，道警嚴格限制所有警察在相同部門或地區留任太久，所以道警以後都不可能出現像櫻巡查部長這樣的警察。

竹內看著舞台說：「如果我能當那樣的駐在警察，就算唯一的任務是避免在地出現罪犯，我也認了。」

川久保身邊出現一名穿圍裙的年輕女孩，是他認識的高中生，應該正在當工讀生。

「警察先生要不要喝點什麼？」

女孩聽起來有些緊張，川久保笑著點了杯咖啡。

天色已經完全暗下來，廣場上數百盞燈籠顯得格外明亮，中央舞台還有

更多的燈光，有如白晝。

歌舞秀結束，歌手退下舞台，舞台燈光也轉暗。觀眾們接連起身，立刻有十名男子迅速收起摺疊椅。

接下來應該就是扮裝盆舞大會，川久保喝光剛才點的咖啡又站起身，剛才看歌舞秀的觀眾散開來之後，廣場上變得比剛才更擁擠了。

竹內說：「如果有小孩要迷路，就是現在了。」

川久保也表示同意。

休息十五分鐘之後，舞台燈光再次亮起，女主持人宣布扮裝盆舞大會開始。首先是中學以下的兒童組表演，精心打扮的孩子們圍在舞台周圍，胸前都別著號碼牌。

廣場內外的亮度天差地別，路燈看起來已經十分昏暗，再往外走更是一片黑暗。如果在廣場中央，往外看肯定是黑漆漆一片。

兒童盆舞開始了，這時候爸媽沒辦法牽著孩子的手，因為爸媽不能進去跟著跳，只能在旁邊看著。

川久保站在外圍，想找看看大月啟子在哪兒，她就在那圈孩子們附近，看著每個孩子的臉。啟子的表情顯得很難過，似乎正努力接受自己不願意承認的事實。

孩子圈外面有一群男女別著黃色臂章，手拿文件夾邊走邊看，應該是評審，而且有十個人以上。評審們停在裝扮獨特的孩子面前，動手寫些東西之後繼續前進。

兒童盆舞大概二十分鐘就結束，接著是成人組盆舞，孩子圈立刻分散，改組成大人圈。

主持人在舞台上說：「評審正在計分，兒童組與成人組的得獎者會一起發表，請各位不要走開喔。」

川久保看看手表，快要晚上八點，成人組盆舞沒多久就開始了。

盆舞圈外面開始聚集穿背心的男女，應該是壓軸的舞蹈秀，參賽隊伍正蓄勢待發。

成人盆舞大會也結束了，所有評審都站上舞台開始計分。

發表分數，主持人喊出小朋友的名字，被叫到的小朋友一一上台，冠軍是個扮成海洋生物跳舞的小朋友，評審說那是「流冰天使（Clione）」。

頒完獎與獎品之後就是YOSAKOI索朗舞蹈表演，第一隊上台表演，舞台前又聚集許多觀眾，這次大家要站著觀賞。

音響播放經過改編的現代化節慶舞曲，音量頗大，三十多名舞者跳著動感十足的團舞，觀眾比看盆舞的時候更興奮好幾倍。

川久保又開始巡視廣場。

正當他走到主辦單位的帳篷前，有對夫妻跑到川久保面前。

「警察先生！」爸爸上氣不接下氣：「我孩子不見了！」

記得他的小孩，就是剛才大月啟子看到入迷的女孩，媽媽穿著短袖罩衫，抱著一個小男孩，臉色相當蒼白。

川久保停下來問：「是那個穿粉紅色芭蕾舞衣的女孩？」

「對！」爸爸說：「兒童組頒獎頒完，就發現她不見了！」

「大概二十分鐘之前？」

「對，我們到處找，可是都找不到。」
「就在這廣場上？」
「對，兒童組盆舞跳完之後，我們還去逛了攤位。」
「請問名字是？」
「沙織，小學二年級。」
「我是說你的名字。」
「啊，我姓藤本。」
「住哪裡？」
「土木現業所的公家宿舍。」
離廣場將近兩公里，小孩子晚上沒辦法自己走回去。
藤本又說：「我有叫她跟在我們身邊，所以她絕對不會自己回去。」
「車子呢？」
「看過了。」藤本指著廣場南邊的停車場：「從這邊數過去第二排的白色車子，她應該認得家裡的車。」

川久保瞥見大月啟子往這裡走來，然後他跑去問了一個主辦委員。

「有沒有小孩走失？」

工商會的年輕人搖搖頭，他是貨運公司的經理，姓米山，經常主辦這樣的活動。

米山說：「他們剛才也來問過我，不過我們這裡沒有小孩走失。」

竹內也走上前來，似乎猜到發生了什麼事。

大月啟子來到川久保旁邊問：「難道是小女孩不見了？」

川久保問啟子：「你有看到？」

「女孩是沒看到。」啟子看看藤本夫妻說：「只是剛才看她沒有跟在這對爸媽身邊，覺得很奇怪。」

「多久之前？」

「大概五分鐘之前，我看到他們夫妻走在廣場上，顯得很擔心。」

川久保從口袋裡掏出手冊詢問藤本。

「請告訴我她走失的時候穿什麼衣服，是不是粉紅色的芭蕾舞衣？」

竹內也來到川久保身邊。
媽媽說：「對，粉紅色芭蕾蓬裙，背後有翅膀，穿紅色運動鞋，還有……」
說到一半她問爸爸：「那個頭冠是什麼時候買的？」
藤本訝異地說：「你說那個髮飾？那不是你幫她戴的嗎？」
「沒有啊，她沒有那個髮飾，我還以為是你在攤位上買的呢。」
川久保不禁望向啟子，啟子嚇得眼珠子都快蹦出來了。
啟子眨眨眼，哽咽地問：「那，那個頭冠……」
川久保向啟子確認：「所以那是令嬡的東西？」
「對，看樣子沒錯。」
這麼說來……川久保試圖保持冷靜。
竹內問：「又有小孩不見了？」
「對。」川久保對竹內說：「而且失蹤小孩頭上還戴著亞矢香失蹤當時的髮飾。」
川久保覺得自己愈說愈小聲

竹內臉色蒼白：「那，那就是十三年前的……」
「我不能確定。」
大月啟子接著說：「當時的綁架犯又來了！」
被害者的媽媽替川久保說出這句話，川久保偷偷喘了口氣。
啟子說：「綁架犯這次用亞矢香的頭冠拐小孩！」
藤本太太發出尖叫，抱著男孩跪坐下來，藤本連忙出手撐住太太。
川久保問竹內：「可以請你幫忙嗎？」
竹內回答：「那當然。」
川久保對主辦委員米山說：「請召集防犯協會跟消防隊，小孩不見了。」
米山在旁邊聽了所有對話，不等說明就立刻拿出手機。
川久保拿出警用無線電，呼叫轄區警署的值班人員，聽來是個年輕警官。
「這裡是志茂別駐在所的川久保巡查部長，志茂別夏日祭會場有小女孩遭到綁架，情況緊急，請立刻派人支援。」
「綁架？」無線電那頭問：「真的嗎？今天廣尾町也有不少小孩迷路

啊。」

「是真的。」川久保口氣強硬：「分秒必爭，請立刻派人。」

「我們也忙著處理祭典警備和車禍，頂多只能撥兩個人吧。」

「我說情況緊急！另外請立刻封鎖志茂別以南的國道二三六號，尋找一名小女孩，姓名是藤本沙織。」川久保說明了女孩的姓名：「三點水的沙，牛郎織女的織，小學二年級，穿著粉紅色芭蕾舞衣，麻煩把這件事報告給方面本部，要求在帶廣方面的國道二三六號進行盤查。」

對方聽了川久保的口氣，才了解事情有多嚴重。

「了解，等等可能會打電話找你確認。」

「總之快點安排就對了，還有，如果町裡有人有性侵前科，請生活安全係送一份名單過來。如果人太多就傳真到駐在所，如果人不多就直接無線電報給我。」

「了解。」

川久保掛斷無線電，前往廣場南邊的停車場，竹內看了就說：「我去看客運站旁邊的停車場。」

活動中心廣場北邊還有一個小停車場，今晚對外開放，裡面應該停了上百輛車。

「麻煩你了。」

竹內對另一名主辦委員說：「把指揮交通的臂章借我，還有手電筒和指揮棒。」

一名主辦委員立刻湊齊這三樣東西。

川久保離開廣場，廣場南邊的馬路對面整個區塊都是停車場，川久保在前往停車場的路上專心觀察左右，只要看到任何不尋常的事物就會衝上前去。

藤本夫妻與米山跟在川久保後面。

川久保停在停車場的國道出入口，沒有發現任何可疑車輛，停車場裡也沒有車輛移動，也沒看到有人企圖躲藏。

國道旁邊的兩名支援警力往這裡走來，似乎察覺有事發生。

等兩人走上前來，川久保就說：「廣場發生小女孩綁架案，有沒有看到可疑車輛？」
兩人一臉吃驚。
年長的巡查部長前川問：「你說綁架？」
「對，小學二年級的女生，穿粉紅色芭蕾舞衣，有沒有看到？」
「沒有，沒看到小女生或可疑車輛。」
「這二十分鐘內有幾輛車子離開？」
「開走的不太多，開來的比較多，多到我們要請車子開去客運站旁邊的停車場。」
「都沒有車子開走？」
「頂多十輛吧。」
「車上有小女孩嗎？」
巡查部長看看年輕的高野，高野搖頭：「沒看到。」
川久保指示兩人：「這座停車場只有靠國道的一個出入口，請確認所有離開的車輛，只要車上有小孩，務必要確認同車的是不是爸媽。」

「好。」

川久保帶著藤本一家人回到主辦委員會的帳棚前。

川久保告訴米山：「請立刻廣播藤本沙織小朋友迷路了，有人發現她請立刻聯絡總部。」

米山聽了相當驚訝：「現在還在舞蹈表演……」

「我知道！」川久保脫口怒吼：「這可是人命關天！快點！」

米山被川久保嚇得縮起頸子，藤本憂心地問川久保：「這真的是綁架嗎？」

川久保猶豫片刻之後回答：「我這是以防萬一。」

「我們也繼續找找看吧。」

川久保搖搖頭：「媽媽請在這裡等，我想問問走失前後的狀況。」

川久保一行人坐在主辦委員會帳棚前的板凳上，一旁的大月啟子也想加入，川久保點頭讓她坐在旁邊。

藤本看看啟子，希望川久保說個明白。

川久保說：「其實十三年前，町裡有個小女孩失蹤了，這位就是她媽媽大月女士，住在附近的別墅裡。」

啟子向藤本夫妻行禮。

藤本說：「這是內人由紀子，兒子大樹，剛才你好像很關注我家女兒？」

「是。」

川久保插話：「其實她女兒失蹤的時候，跟你女兒一樣穿著芭蕾舞衣。」

啟子接著說：「而且她的頭冠跟我女兒當時戴的頭冠很像。」

藤本由紀子聽了抬起頭來，想知道此話是真是假。

啟子問由紀子：「沙織妹妹是否在町裡的芭蕾舞教室上過課？」

「沒有。」由紀子回答：「丈夫調動之前我們是住札幌，女兒也是上札幌的芭蕾舞教室，現在搬到這裡就沒有了。」

「那個頭冠會不會是在札幌買的？」

「我們沒有買，今天才第一次看見，我還以為是老公在攤位上買來的。」

啟子說：「如果這裡沒有芭蕾舞教室，就沒那麼容易弄到那頂頭冠了。」

藤本說：「難道是網購？」

由紀子說：「那是跳芭蕾舞用的髮飾，但這裡沒有兒童芭蕾舞教室啊。」

音樂突然停了。

女主持人透過麥克風說：「非常抱歉，緊急廣播，藤本沙織小妹妹走失了，小學二年級的藤本沙織小妹妹走失了，有人看到她請立刻帶到主辦單位服務台來。」

觀眾一片噓聲，抗議為了一個走失的小孩就打斷舞蹈表演。

主持人重複一次：「藤本沙織小妹妹走失了，穿著粉紅色的芭蕾舞衣，有任何情報請通知主辦單位。」

米山問川久保這樣行不行，川久保點頭。

舞蹈秀重新開始。

川久保瞥了團舞一眼，繼續問藤本夫妻。

「你們大概幾點到這裡？服裝是在家裡先穿好的嗎？」

藤本說：「沙織的服裝在家裡就穿好的，在歌舞秀開始前不久才到。」

「那是妖精的打扮對吧？是誰的點子？」

「她自己的，班上有很多同學要參加，沙織主動說要扮成妖精。背後那組翅膀是我去札幌出差的時候，從『玩具反斗城』買來的。」

「今天來有碰到認識的人嗎？」

「當然，碰到很多熟人。」

「你們沒有一直牽著她？」

「是啊，很多同學都來了，她穿著那身衣服到處逛，我們都隨時注著她的狀況。」

「大概什麼時候發現沙織不見了？」

「扮裝盆舞大會結束要頒獎的時候，本來是牽著她的手，但實在太專心看頒獎，沒發現她鬆手跑掉了。」

由紀子說：「我們有兩個小孩，我也沒發現沙織跑掉了，還以為是爸爸牽著。」

藤本說：「我也以為是媽媽牽著。」

由紀子說：「舞台上宣布兒童組是扮成流冰天使的小孩得冠軍，我想叫沙織來看，結果她就不見了。」

「你先生也是當時才發現？」

「對。」藤本說：「內人一說我才發現沙織不見了，到處看都看不到。」

川久保問：「今天有沒有碰到哪些大人特別注意沙織？有沒有不認識的大人來找沙織搭話？」

「你是說男人？」

「女人也算。」

藤本說：「沒有……不對，應該挺多的，但是我覺得女兒扮裝搶眼是很開心的事情，就沒有多注意。」

「所以她的扮裝很搶眼？」

由紀子附和：「有很多小孩穿花邊裙扮妖精，但是沙織穿的是芭蕾蓬裙，所以應該最搶眼。」

停車場那邊有人大喊：「怎麼回事啊？」

是消防隊長渡邊，戴著消防隊的小帽，但穿著T袖。

渡邊已經喝了不少酒，一身酒氣滿臉通紅。

川久保簡短說明情況，請消防隊幫忙搜索。

渡邊抓抓頭說：「今天是大慶典，沒當班的人有些已經喝掛了，不知道能找來多少。」

「能找多少就找多少。」

「總之我會去找人，廣場上應該有五個十個吧。要去河邊找嗎？」

「不用了。」川久保心想應該沒這個可能。「請在廣場附近巡邏，看有沒有走失女孩掉落的東西，或者任何可疑人物都行。」

出動防犯協會和消防隊員是為了阻止綁架犯的行動，實際上應該不會找到什麼線索，只要把綁架犯控制在這個範圍內，等到警方前來搜索就好，所以目前需要的就是更多人手。

但川久保抬頭望著星空，又有別的想法。

如果女孩是在扮裝盆舞大會結束後失蹤，在最壞的情況之下，綁匪可能已經把女孩抓上車，逃到離町上二十公里遠的地方了。就算在帶廣和廣尾設置臨檢站，能不能攔到人也很難說。

但是不對，兩件綁架案都發生在町裡的廣場，代表綁架犯就是當地人，就算不是住街區的人，也不可能是外地人。

防犯協會理事川西帶了一個年輕男子過來，可能是他公司的員工。

「我們要幹什麼？」

川久保再次解釋情況之後說：「麻煩檢查客運站旁邊的停車場，前任駐在警察竹內先生已經過去了，請你們去跟他換班，確認所有離開的車輛。」

「我們有職權攔車嗎？」

「沒有，如果你們說明情況之後對方還是不肯配合，就聯絡我吧。」

「了解。」

兩人離開現場。

川久保走向米山：「舞台上好像一直有攝影機在拍對不對？」

米山看著舞台上說：「喔，是倉井燃料公司的老闆在拍啦。」

「能不能借看他拍的影片？只要扮裝盆舞大會那段時間就好，看看穿粉紅芭蕾舞衣的小女孩跟誰講過話。」

「你要他暫停紀錄活動？」

川久保差點破口大罵，但忍了下來。

「請不要讓我再說一次，現在是人命關天啊。」

米山聽出川久保語氣中的憤怒，只能癟嘴點頭。

竹內此時回來說：「有人到停車場跟我換班。」

川久保對竹內說：「竹內先生能不能在這裡打聽目擊情報？剛才已經廣播過，應該有人有消息才對。」

「可以。」竹內左右看看之後壓低嗓門說：「能不能問件事情？」

竹內似乎不想被人聽見，川久保也就暫時離開主辦委員會的帳棚。

竹內問：「那個髮飾究竟是怎麼回事？難道上件案子的綁架犯一直保管著亞矢香的髮飾？」

川久保說：「髮飾是綁架犯的戰利品，證明綁架成功，所以要好好保管。

今年扮裝盆舞大會又重新舉辦，所以又拿出來了。」

「為什麼？」

「或許覺得會有好運氣，或許可以用來搭訕小女孩。綁架犯應該是在扮裝盆舞大會開始之前就盯上沙織，給她頭冠，鬆懈她的警戒心。」

有人從主辦委員會的帳棚喊川久保，回頭一看，桌邊站了一名中年婦人，婦人身後又走來一名婦人，應該是要提供目擊情報。

川久保帶著竹內去聽婦人的證詞。

婦人是失蹤女孩班上同學的媽媽，今天在廣場上看過女孩很多次，後來發現女孩自己一個人走，覺得有點擔心。

廣場上有很多女孩的同學，應該全校二年級的十五個學生都到了，當然會有很多學生家長跟女孩說話，但是沒有看到什麼陌生人找女孩搭話。

這位媽媽最後看到女孩的時間，是扮裝盆舞兒童組頒獎結束的時候，女孩似乎努力鑽過人群跑向南面的停車場。

另一位目擊證人是托兒所的保母，她並不認識沙織，但是聽主持人廣播穿芭蕾舞衣的女孩就有印象。

保母說芭蕾舞衣女孩在舞蹈秀開始之前跟某個男人說過話，男人伸手摸女孩的頭髮，但看來並不像女孩的爸爸，所以讓她印象深刻。

川久保問保母：「你認識那個男人嗎？是町裡的人嗎？」

「這個……」三十多歲的保母說：「他扮裝看不到臉，我應該不認識。」

「怎樣的扮裝？」

「衣服很普通，鬆垮垮的褲子配白色POLO衫，感覺有點胖，應該是熊貓吧？然後眼睛戴著黑色眼罩。」

「黑色眼罩？」

「好像是有耳朵的毛線帽，眼睛部分是眼罩，整張臉就像熊貓。」

「你說他摸了沙織的頭髮？」

「對，而且是蹲下來摸。」

警校教過要跟小朋友講話的時候必須蹲低，保持視線高度相同，這樣可以降低威脅感，也更容易攀談。如果是企圖拐小孩的大人，應該自然而然也學會了這個技巧。

川久保問：「那個男人大概幾歲？」

「不知道，但是應該不會太年輕。」

「什麼意思？」

「不是高中生，是成年人，但是也不算太老。」

「他在哪裡跟沙織搭話？」

保母回頭指向舞台左邊，就在盆舞圈子的外側。

「謝謝，之後可能還有事情請教，再麻煩你了。」

防犯協會會長吉倉突然出現。

「我聽說了。」吉倉還是那麼高高在上，看來也喝了點酒。「小孩走失？找多久了？」

「三十分鐘。」

「三十分鐘？」吉倉笑說：「每年都有很多小孩走失，今天晚上又是小孩的自由時間，再觀察一下吧。」

「不是普通的走失。」
「怎麼回事？」
「這與十三年前亞矢香小妹的失蹤案非常像。」
吉倉臉色微微發青，或許町防犯協會的會長也不願意想起這件案子。
「為什麼非常像？」
「因為有人看到疑似亞矢香小妹的遺留物品。」
「什麼東西？」
「髮飾。」
「在哪？」
「不知道何時戴在走失女孩的頭上。」
吉倉轉頭看看主辦委員會的帳棚，藤本夫妻坐在板凳上，太太由紀子還抱著女孩的弟弟。
「現業所的人，是他家的女兒失蹤了？」
「對，走失的女孩打扮就跟當年的亞矢香一樣，都是妖精。」

吉倉望著藤本夫妻，川久保對吉倉說：「想請防犯協會幫個忙。」

吉倉聽了突然回過神，問川久保：「什麼？」

「想請防犯協會幫個忙。」

「喔喔。」吉倉點了兩下頭：「我懂，節日有小朋友走失一定先找河濱公園，然後是神社境內，小學後面的棒球場。」

「不必找那些地方，請防犯協會巡邏廣場一帶，看有沒有可疑人物。」川久保指著廣場後方：「攤販後面是死角，停車場邊邊也沒有燈光，客運站旁邊的廣場也很暗。」

吉倉搖搖頭：「我很清楚怎麼找町裡的走失小孩，一定是跑去放煙火。平時小朋友不能放，所以趁今晚偷放。」

吉倉似乎在廣場上找到了其他防犯協會的成員，於是從帳蓬前方走去。

竹內走上前說：「目前就只有兩件目擊情報，沒有別的了。」

川久保看著廣場上的舞蹈表演說：「因為觀眾還在注意那個。」

川久保突然想起什麼，走向藤本盯著他胸前口袋裡的銀色機器。

「藤本先生，那是數位相機嗎？」

藤本點頭拿出相機：「對，我拿來拍小孩。」

「有拍到扮裝的沙織小妹嗎？」

「當然有。」

「請借我一下，我馬上印協尋傳單。」

「傳單？」

川久保對主辦委員米山說：「能不能請你去工商會還是你的公司，把女孩的照片印成彩色傳單？」

米山說：「要幹什麼用？」

「在廣場上分發，應該比廣播有效。」

「大概要幾張？」

米山是擔心費用嗎？

川久保問藤本：「兩百張如何？」

藤本說：「啊，麻煩你了。」

川久保又告訴米山：「印好之後請帶過來，我要請這裡的民眾提供情報。」

藤本把相機交給米山並說：「粉紅芭蕾舞衣，應該有她的全身照。」

米山接過相機起身，如果是回他的公司，離這裡只有一百公尺，應該很快就會回來。

川久保看看表，已經晚上九點。

第三個隊伍開始跳團舞，警用無線電也在此時響起。

川久保接通無線電，對方是轄區警署地域係係長。

「走失的小孩找到沒？」

川久保連忙說：「不是走失，有人報案是綁架。」

「難道綁架犯有聯絡家屬？」

「沒有，但是一定是綁架。」川久保邊說邊離開主辦委員會的帳棚：「這跟十三年前的案子很可能有關。」

川久保說了髮飾的事情，但係長的反應很冷淡。

「難說喔，店裡應該就有賣吧？或許是媽媽想太多了，今天這件案子也還不確定是綁架。」

「還是請署裡派人支援，同時封鎖國道。」

「交通係的人在廣尾街區北邊取締酒駕，地域係的支援警力要等等，因為這邊的夏日祭規模比你們大五倍。」

「變態人物的名單有了嗎？」

「正在處理，找到女孩就回報。」

看來沒有支援也得硬幹了。

他想起奈良的少女綁架殺人案，嫌犯在綁走人之後多久會殺害少女？記得不會超過三小時，這件案子最好也把時限這麼定，沒閒工夫觀察狀況了。

看看主辦委員會的帳棚，藤本走來走去，坐立難安，媽媽由紀子還是抱著小男孩，表情像是忍著無比的悲痛。大月啟子渾身緊繃站在媽媽身後，竹內站在桌邊專注地盯著廣場，就像個現役警察。

米山已經回來，手裡拿著一疊紙張，看來傳單印好了。

川久保走回帳棚，米山拿一張傳單給川久保，藤本則是急著自己拿一張。

川久保看看傳單，女孩在閃光燈下笑得天真無邪，身穿鮮嫩粉紅的芭蕾舞衣，穿著白色褲襪與紅色運動鞋，背後有粉紅蕾絲的蝴蝶翅膀，手上拿著顏色鮮豔的法杖。女孩頭上有個小髮飾，像一頂鑲滿珍珠的頭冠。

照片底下印了一排白色字體。

「協尋沙織小妹，請到主辦委員會帳棚提供情報」

竹內拿了整疊傳單起身說：「我來發，你留在這裡。」

藤本跟了上去：「我也要去發。」

竹內與藤本走入廣場，帳棚裡面有人喊了川久保，是一個年輕的主辦委員指著小小的顯示器。

「要來看看嗎？這是扮裝盆舞開始前的畫面。」

川久保走到帳棚裡面看著顯示器。

畫面是從舞台上往下拍，拍到扮裝盆舞開始之前廣場上的景象，工作人員正指揮大家圍著舞台跳盆舞。廣場上的參加者慢慢往盆舞圈聚集，攝影機從舞台左邊慢慢拍到右邊。

拍到舞台右邊的時候，畫面上出現一個扮成妖精的女孩，但立刻又被其他參加者擋住。

「那裡重播一下。」

影像重播，一看就知道那女孩是沙織，只有一個人，正好從畫框外面往舞台跑，停下腳步左顧右盼。

「再一次。」

再次重播，頭上確實有髮飾。

「好了，繼續放吧。」

影像人員開始快轉，盆舞圈散開之後又恢復正常速度，這時候又看到女孩，似乎是跳完舞正在找爸媽。兒童組跳完之後是成年組，畫面中人山人海，小朋友們要往廣場外側移動，跟準備集合的大人們擠在一起，很快就看不到女孩的身影了。

接著跳過拍舞台的部分，繼續觀察觀眾的影像，有拍到藤本夫妻，正左顧右盼地走向廣場南邊，應該是在找女兒。

川久保請影像人員倒轉回去舞跳完的時候再看一次，從女孩跳完舞之後到爸媽開始找她為止，大概有三十分鐘，但是爸媽在頒獎之前都陪著女孩，所以女孩是在五分鐘的空檔內消失蹤影。

再次倒回盆舞結束的時候，這次要看女孩與女孩爸媽之外的人物，尤其是扮成熊貓的男人，但是找不到這樣的人。

川久保交叉雙臂焦躁不已，此時片桐來了，手裡拿著女孩的照片傳單。片桐說：「剛才的廣播聽起來不對勁，應該不是普通的小孩走失吧？」

川久保先請片桐坐下再說：「沒錯，大概失蹤了快一個小時。」

「消防隊跟防犯協會的人好像離開廣場了。」

「他們說要去河濱公園跟棒球場找人。」

「警察會派人支援嗎？」

「不太積極，警方還不相信是失蹤。」

「我忍不住想到十三年前的案子了。」

川久保告訴片桐女孩頭上髮飾的事情。

片桐聽了目瞪口呆：「那不就是說十三年前的綁架犯又來了？」

川久保點頭之後接著問：「剛才廣場上有沒有離開町裡一段時間的男人？比方說十三年前在町上，之後離開一段時間，今天又回來了？」

「很久沒見到的男人？」

「對。」

「我不確定十三年前的狀況，但是很久不見的男人倒是好幾個。」

「比方說？」

片桐抬頭看著夜空，想了一下子才說：「大和田商店的二兒子，之前去東京打拚，今天好像是返鄉過節。還有信用金庫的前任分行長，還有前教育長的兒子也在。」

「就這三個？」

「還有很多。」

「其中有沒有人謠傳會欺負小朋友的？還是有性侵前科的？」

「我想應該沒有，至少我不知道。」

「有想到什麼請告訴我。」

「好。」

片桐離開的時候，警用無線電又響了。

「生活安全係查過變態人物的名單，你們町上很乾淨。」

「什麼意思？」

「這十五年來沒有任何侵害、暴露跟誘拐，只有一次中學生的內褲被偷，不過竊賊去年出車禍死了。」

就是那個壞孩子？那傢伙虐殺自己手下的高中生，死前才願意招出來。

川久保再次確認：「十五年來就這一件？」

「就這一件，不僅沒人檢舉也沒人報案，你們町上乾淨到可以得獎，難怪防犯協會走路有風。」

「他們走路有風？」

「你們町上的犯罪率是轄區最低。麻煩你繼續執行任務了。」

掛斷無線電之後，川久保傾首思考。

十五年來沒有任何性侵犯或性騷擾報案？就算這裡是個人口六千人的小村，這麼久沒出事未免也太怪了。現在日本社會呈現均質化，每個地方的犯罪比例都差不多，而且犯罪的構成比例也都差不多。

此時竹內回來，已經把傳單發完了。

「不行。」竹內搖頭：「是有很多觀眾見過沙織，但是沒有直接的線索。」

川久保把竹內帶離帳棚後問道：「竹內兄當駐在警察的時候，町上有沒有人通報過性侵、性騷擾之類的案子？」

竹內四下瞥了幾眼後說：「這個町不太發生這種案子，所以亞矢香小妹失蹤的時候，轄區警署才沒有馬上判斷是綁架。」

「我剛剛突然想到。」川久保確認身邊沒有人能聽到對話才接著說：「我交接的時候也完全沒有看到任何性侵或性騷擾的案子，這不是很怪嗎？從我上任到現在沒有任何這方面的報案，想想真的覺得很怪。」

竹內點頭：「這就像我剛才說的，駐在警察的任務就是避免在町裡製造罪犯。」

「這是防犯協會說的？」

「對，上一任會長這樣告訴我，這一任還說如果案子報警沒辦法解決，最好先找防犯協會商量。」

「比方說怎樣的案子？」

「像是不知道誰幹的竊案，車內偷竊，傷害案件之類的。」

「這全都是刑案啊。」

「防犯協會會主動介入向人求償，要加害者道歉。被害者通常也覺得拿到一點賠償，比把加害者送進監獄要好。」

「所以就不會報案？」

「對，如果撞爛一台汽車可能會報案，但沒有人會為了一輛腳踏車惹麻煩。有時候犯人落網，一整個家都沒飯吃，那報案的人心裡也不舒服。」

「就算對方是慣犯也一樣？」

「慣犯會被軟性驅逐，好說歹說把這個人勸走，就從町裡消失了。」

川久保錯愕地說：「這町上一直都是這樣？」

「我想每個町或多或少都做過這種事，你應該也曾經忙過，不是嗎？」

川久保沒回答竹內的問題，反而繼續提問：「性侵也是嗎？這町裡十五年來沒有發生過性侵案，沒有人報案，難道都是防犯協會私底下搓掉了？」

「我沒這麼說，但是如果我被調走之後還是沒人報案，那應該就是了。」

「什麼意思？」

竹內苦著臉說：「警方應該不知道，但是町裡人都知道當地有個怪人。」

意思是十三年前案發當時，町裡人就已經知道本地有可疑人物？

但是案發之前，轄區刑警犯了愚蠢的錯誤，拆除業者廠房失火，消防隊正在拚死滅火的時候，警察卻顧著抓老闆問其他案子。

町民對此相當反感，所以亞矢香失蹤的時候，消防隊與防犯協會都不願意提供援助，搜索活動沒幾個人參加，過程也丟三落四。

如果竹內剛才說的沒錯，事後警方打聽消息，防犯協會肯定不會告訴探員任何有用的情報。但是他們清楚，町裡有人可能犯下性侵或性騷擾的罪刑。

川久保想起片桐之前說的話，有件高中女生輪姦案遭到私了，沒有報警。還有山岸三津夫死亡的案子，提供情報的高中女生也是突然就轉學，簡直突然到可能是碰上了什麼性侵案那般不自然。

川久保問：「當時防犯協會的會長，現在人在哪裡？」

竹內說：「應該已經死了，是我被調走兩、三年之後的事情，記得我在釧路的時候接到了訃聞。」

記得現任防犯協會會長吉倉已經在町議會裡連任四次，原本是農戶，在街區附近有大片農地，在吉倉這代放棄務農開始搞不動產，現在也是街區最大的地主。十三年前吉倉在防犯協會裡是什麼職位？當時已經是防犯協會的要角了嗎？

川久保問竹內，竹內回答：「當時他是防犯協會的幹部，也是町議會裡工商會的理事。」

「算地方仕紳？」

「權力可大了。」竹內說了一個當地出身的自民黨議員：「吉倉就是這個議員的後援會副會長，只要他找轄區署長說說，搓掉交通罰單不成問題。」

現在應該也是這樣，因為吉倉跟警方的關係好到可以直接找署長抱怨，但川久保並沒有說出口。

「那你知道他當時瞞了什麼事情嗎？」

「我應該知道。」竹內的口氣有點沒信心：「但是如果當面問他，他應該不會老實說。」

看來當面對質會吃閉門羹，搞不好吉倉還會號令下面的人閉嘴，只好旁敲側擊了。

竹內又東張西望，然後才說：「消防隊跟防犯協會好像忙著找河濱公園跟棒球場喔。」

舞蹈表演的呼喊聲格外響亮，一時蓋過竹內的聲音，沒多久團舞就結束了，周圍的觀眾歡聲雷動。

主持人介紹接下來是今天第四組隊伍，一群男人披著亮色外衣上場，像是以前的新撰組或彰義隊。

整個隊伍排列整齊，舞台上響起和太鼓的聲音，四名穿著兜襠布的男子奮力打鼓，鼓聲愈來愈急，突然一齊停住，然後舞者齊聲大喊：「耶！」團舞正式開始。

突然有人從後面喊了川久保一聲：「呃，警察先生？」

回頭一看是個四十來歲的中年婦人，穿著樸素的T恤和長褲，女子後方十公尺左右站了一個男人，應該是她丈夫。男人手上牽了個女孩，看來跟沙織一樣歲數，身穿浴衣，臉上化了狐狸妝。

「聽說有女孩不見了？」婦人拿著沙織照片的傳單：「我看到傳單。」

「你看過了嗎？」川久保問：「知道什麼消息請告訴我。」

「我姓鹽川，跟老公在農會工作。」鹽川太太看看身後：「我女兒讀小學一年級。」

「那麼，」川久保主動提問：「你是何時看見沙織小妹呢？」

「看過好幾次呢，應該說在兒童組扮裝盆舞開始前，她一直在廣場上，很顯眼。」

「是有不少小朋友扮成妖精，不過她確實比較顯眼。」
「她的粉紅芭蕾舞衣比較特別，有好幾個男的特地拍她。」
「你有看到找她搭話的人嗎？」
「沒有，我沒看到。」
川久保有點急了，她來找警察究竟想說什麼？究竟看到什麼？還是根本沒看到？
「那個，」鹽川顯得欲言又止：「我不是想說跟女孩直接有關的事情。」
「那是什麼？」
「只是突然想到我家小孩說過一件事。」
川久保望向鹽川身後的女孩，女孩正盯著他瞧，似乎對媽媽跟駐在警察講話很有興趣。
「令嬡看到什麼了？」
「呃，不是啦。」鹽川微微低頭說：「她想到之前上完算盤課要回家，被奇怪的男人搭訕過。」

「什麼時候的事情？」

「今年六月，應該是兩個月之前了吧？」

某個周末的傍晚，鹽川的女兒上完算盤課要回家，半路上突然有車停在她身邊，車上有個男人，男人報了某家汽車保養廠的名字，問女孩知不知道在哪裡。女孩說了保養廠的位置，指著一個方向，男人希望女孩可以上車報路，女孩搖頭拒絕，車子就開走了。

聽起來有點模糊，光靠這些過程無法判斷男人是可疑人物還是單純不知道路。

而且根據川久保的記憶，男人提到的保養廠並不在大馬路上，位置有點偏僻，剛來到本地的人可能不太好找。不過在這個年代，想叫小學生上車帶路的人應該就算可疑人物了。

「原來如此。」川久保不確定該怎麼處理這條情報：「令嬡不認識那名駕駛嗎？」

「不認識。我是覺得有點擔心才找警察先生說，不知道有沒有用？搞不好除了我女兒之外，其他小朋友也碰過一樣的事情。所以應該要通知警察先生才對。」

「有人也發生過這種事？你有聽說嗎？」

鹽川搖搖頭。

「不，我沒有聽說過其他的。只是防犯協會的人說過遇到這種事先別報警，所以我想警察先生應該沒聽說才對。」

川久保問：「這什麼意思？」

鹽川看看身後的老公跟女兒。

「我女兒上小學之前，學校辦了家長會，有防犯協會的人來告訴家長一些安全知識。」

「是吉倉先生？」

「對，就是他。」

吉倉在那天的家長會上對家長們說了件事。曾經有個町裡的居民在下雨天看到一個小孩被雨淋成落湯雞，好心要把小孩送回家，結果那個小孩是別墅區人家的女兒，一家人來過暑假，女孩誤會了人家的好心，爸媽就打一一〇報警。轄區警署不知道內情，開始尋找可疑人物，幸好防犯協會很快就了解狀況，不然町裡就要無故出現罪犯了……

吉倉的結論如下。

「只要聽到小朋友提到可疑人物，請不要報警，先找町裡的防犯協會商量。每幾年就調動一次的駐在警察不會比防犯協會更了解町裡的狀況，我們才能立刻採取最理想的措施。」

當時有名母親提問：「如果小朋友真的被欺負，防犯協會要怎麼處理？」

吉倉回答：「我們會找出一個皆大歡喜的解決方案，不會放著可疑的居民不管。」

川久保避開鹽川的注意偷偷嘆氣，之前的連續縱火案就已經讓他覺得這町的自衛意識很強，但今天還是第一次聽說，防犯協會告訴居民出了事不要先報警，而是先找防犯協會商量，代表防犯協會搶走了警察的實際工作。

川久保小心翼翼地問鹽川問題，避免她聽出話中涵義。

「請問吉倉先生有沒有提過町上發生過其他小女孩被騷擾的案件？」

「如果你說當時，沒有。」

「當時沒有？」

「但是聽女兒講了那件事，還有今天發生的事，我覺得防犯協會應該知道某些事情。」

川久保道謝：「感謝你寶貴的資訊，很有參考價值。」

這下川久保有信心，防犯協會確實避免町裡出現罪犯，但不代表是避免町裡出現犯罪，而是避免町民被人懷疑犯罪，或者被警方逮捕。而且不僅性犯罪，所有犯罪皆然。

防犯協會說一旦發生案件，會採取皆大歡喜的作法，不會放著罪犯不管。防犯協會會在小學開學之前，特地對家長宣導如何應對性犯罪與騷擾兒童，但如果町裡根本沒有性犯罪發生，提前宣導反而很奇怪。

也就是說町裡不是沒有性犯罪，而是以往都在瞞著警察的狀況下處理掉，而且防犯協會往後還是打算這麼做。

川久保看看主辦委員會的帳棚。

消防隊和防犯協會的人還沒回到廣場上，如果只是搜索河濱公園跟棒球場，現在早就該回來了。難道他們擴大了搜尋範圍？

或者有另外一個可能。

吉倉那夥人是不是故意把消防隊和防犯協會的人從警察旁邊支開？

看看手表，晚上九點二十分，女孩已經失蹤將近一個小時。

轄區的支援警力還沒到。

川久保拿出警用無線電通訊，當班人員接了起來，川久保對他說。

「支援警力呢？當地的義工在幫忙搜尋，但是還沒找到，狀況很嚴重。」

對方說：「地域係剛才派了兩個人過去。」

「只有兩個人？」

「這裡也有夏日祭，還有車禍，大家兵荒馬亂的，支援人力嚴重不足。」

「這裡可是綁架案，刑事係不派人來嗎？」

「綁匪要求贖金了嗎？」

「不是那種綁架。」

「狀況我清楚，也有聯絡過刑事係長，你先想辦法應付吧。」

對方說完就掛斷無線電，川久保忍著沒把無線電砸爛，但吐了口口水。

竹內在主辦委員會的帳棚旁邊與一名中年婦人交談，或許有新的目擊情報？

川久保走上前，竹內對他緩緩搖頭，看來不是什麼可靠的目擊情報，中年婦人向川久保點頭致意後離開。

中年婦人說有看到向沙織搭話的男人，時間是歌舞秀開始之後不久，地點是廣場東北角的公廁旁邊，男人大約三十多歲，穿著背心。

從時間與男人的服裝來看，應該與沙織的失蹤沒有直接關聯。

川久保把鹽川提供的資訊告訴竹內。

竹內聽完之後臉色沉重。

「所以這次跟十三年前的案子，防犯協會都知道點什麼嘍。」

川久保說：「不敢肯定，但是町上一定有什麼祕密。」

「怎麼辦？」

「找防犯協會的幹部來問話。」

「他們好像躲著我們。」

「附近應該就有。」

遠方傳來警笛聲，看來支援警力總算到了。

川久保告訴新來的兩位警官：「請封鎖廣場周邊所有道路，你們來的時候應該看到前川跟高橋正在攔查，請幫忙他們的作業。」

年長的警官問：「所以綁架犯跟女孩都還在這裡？」

川久保搖頭：「不知道，但是我想透過攔查來刺激町民的記憶，讓大家想想有沒有當地居民提早離開會場，有沒有看到女孩。」

「每個人都要問？」

「只要讓經過的人看女孩的傳單，問有沒有見過，有印象的就會說了。」

警官們離開，此時防犯協會的吉倉從廣場那頭走來，後面還跟著三個防犯協會幹部，應該是聽到警笛聲過來確認情況。

川久保看看竹內。

「要上了？」

竹內看著吉倉說：「上吧。」

川久保主動走向吉倉。

「找得怎麼樣了？」

吉倉搖頭：「沒找到，剛才的警車是怎麼回事？」

「支援警力，現在很清楚是犯罪案件了。」

「你有什麼證據？」

「就是沒證據才更像犯罪。」

「所以你缺乏證據。」

「先別管這個，我有件事情想問問，但是這裡人多，請跟我過來談談。」

川久保推著吉倉的背，吉倉只能被川久保和竹內帶著走。

吉倉說：「喂，你該不會把我當嫌犯吧？」

「嫌犯？什麼嫌犯？」

「綁架嫌犯。」
「你覺得是綁架？」
「這不是你剛才說的？」
「我只說是犯罪。」
三人離開廣場來到警車旁，回頭一看，有幾個民眾好奇地往這裡瞧。
竹內對吉倉說：「會長，上車吧。」
「現在是怎樣？」吉倉試圖抵抗：「你們要帶我去哪裡？」
「到哪兒都行。」竹內壓低嗓門：「只是問個話而已。」
「在哪裡都能問吧。」
「我們想找個地方讓你冷靜下來說真話。」
竹內輕推吉倉的背，吉倉雖然不滿，但還是坐上警車後座，然後竹內跟著上車。
川久保坐上駕駛座往後座看。
吉倉顯得有些害怕。

川久保心平氣和地說：「吉倉先生，今天的女孩綁架案，你應該知道綁架犯是誰吧？」

「怎麼可能！」吉倉猛搖頭：「不可能。」

竹內說：「你記得十三年前的案子吧？亞矢香小妹在夏日祭失蹤的案子，當時你們不肯配合警方查案。」

「沒那回事。」

「你們只派了幾個人來搜尋，而且亂找一通，活動就結束了。」

「我說沒那回事。」

「你們應該是想報復警方吧？而且事實上你們很清楚，是為了窩藏罪犯才不肯配合警方。」

「我就說了，沒那回事。」

「聽好，今天又有女孩失蹤，時間不多了。現在綁架犯可能正勒著女孩的脖子，你還記得奈良的案子吧？如果你今天還是不肯配合辦案，我就算違法也會採取必要行動喔。」

竹內口氣相當凶悍，感覺隨時都要掏出匕首來。

川久保插話：「吉倉先生，我想十三年前你們也沒想到真的會發生綁架案吧？你們不肯配合，覺得丟給警方搜查就好，結果女孩沒有找回來。你們失蹤當天不肯配合搜索，心裡也覺得很愧疚，並不是真的想窩藏罪犯對吧。」

「對，我不知道什麼罪犯。」

竹內說：「所以你們是真的拒絕配合警方找人？混帳！」

「沒有！」吉倉連忙辯解：「你誤會了，我沒這樣講！」

川久保說：「吉倉先生，十三年前的案子就先不提，來看今天的案子。你應該心裡有數吧？町裡是不是有人可能會幹出這種事？」

「不知道，我們町上沒有這種變態。」

「防犯協會應該接過很多起通報，但是你不是瞞著不說，就是偷偷私了，對不對？」

「沒那回事。」

「十五年來町裡從來沒有任何性侵或性騷擾的報案，這不代表町裡很健康，而是隱瞞不報，負責隱瞞的就是你們防犯協會。」

「沒有，沒有！」

竹內對川久保說：「他們一定是同伙，勾結起來隱瞞自己的性犯罪，其實就是他們幹的！他們也綁架了亞矢香，他們專找小學女生下手！川久保，交給我處理。」

川久保跟著演戲，問竹內說：「你打算怎麼辦？」

「用刑啊。事關小女孩的性命，我來把他的手指一根根扭斷，扭到他招出綁架犯為止！」

竹內說著就抓起吉倉的左手：「川久保兄你別看，看了會做噩夢。」

吉倉發出尖叫。

「住手！住手啊！」

「快說！」竹內說：「先說綁架沙織的是誰？是誰？給我說！」

「不知道，不知道，不知道！我真的不知道！」

此時有人敲了駕駛座的車窗。

川久保嚇得回頭看，原來是片桐，好像有話想說。

川久保降下車窗看著片桐，片桐瞥了後座的竹內與吉倉，然後說了。

「剛才你問我的事情，我覺得應該有些事要告訴你。」

「是不是今年難得回到町裡的男人？」

「對，我覺得那個人可能有點怪，可能有異常的性癖好，不過也可能是我的偏見，所以剛才沒有說清楚。」

「那個人是誰？」

「菅原芳雄。」

後座的吉倉突然驚呼：「菅原芳雄！」

川久保回頭問吉倉：「你認識他？」

「對，我認識，難道他又回來了？」

片桐說：「他本來就是在町裡長大的，曾經離開町上，十三年前那件案子發生的時期回到町裡，沒多久又離開了。」

竹內似乎也想起這個名字：「記得十三年前也懷疑過他，探員在打聽消息的時候，有町民作證他曾經跟亞矢香小妹搭話。」

「他是怎樣的人？」

「老家在町上，聽說是中元節回來掃墓的（註：日本習俗是在中元時期掃墓）。」

川久保問車窗外的片桐：「你為什麼會懷疑這個菅原？」

片桐欲言又止：「只是感覺、感覺啦。用傳聞和外表判斷一個人好像不太道德。」

「怎樣的傳言？」

「這個人一直像小孩幼稚、長不大，年輕的時候就經常趁中元節回町裡，會公然在人前小便，甚至對著女人小便。」

公然在人前小便？應該是暴露狂吧？

「另外他也會拿糖果餅乾給小女孩，而且那個，看起來很開心，好像自己也是小孩一樣。」

川久保問：「你今天看到他的時候，他是什麼打扮？」

「很普通，白色POLO衫配一條寬鬆長褲，活動途中還戴起面具。」
「怎樣的面具？」
「有點像熊貓。」
川久保不禁回頭看竹內，即使車裡沒有燈光，還是看得出竹內臉色鐵青。
川久保又問片桐：「這男的幾歲了？」
「我想應該四十左右。」
「做什麼職業？」
「不知道，有沒有在工作都很難說。」
「現在住哪？」
「應該是釧路吧？」
「在町上的住處是哪裡？」
「應該是他奶奶家。」
「地點在哪？」
坐在後座的吉倉說：「舊的二線平交道旁邊，離這裡大概三公里，他奶奶應該已經住進安養院了。」

「所以家裡沒人？」

「奶奶現在不在家。」

「十三年前呢？」

「對喔，那個奶奶經常住院出院，搞不好很少在家。」

「這男的結婚了嗎？」

「沒有，應該是單身，應該啦。」

川久保不再猶豫，這男的就是頭號嫌犯。

「麻煩帶路。」

川久保向片桐敬禮之後發動警車，路上擠滿節日觀眾無法通行，川久保鳴笛亮燈，行人才連忙讓路。

川久保邊開車邊問吉倉：「這個菅原是町裡的人？」

吉倉冷冷地回答：「他媽媽是町裡人。」

「那他呢？」

「在帶廣長大，不過國小中學住在町上，跟媽媽奶奶一起住。」

警車碰到攔查，支援警力封鎖了這條路，檢查每輛要通往國道的車子，川久保向警官們致意之後通過封鎖線。

「他經常趁中元節回來？」

「年輕的時候是這樣，不過近幾年不太回來，上次回來是十三年前了。」

「你記得真清楚，跟他很熟是嗎？」

吉倉猶豫片刻才回答。

「還好。」

「他跟你是什麼關係？」

這次吉倉不太願意回答。

竹內狠狠地問：「什麼關係？」

吉倉終於坐直了身子回答：「是我朋友的兒子。」

竹內問：「他爸是什麼人？」

吉倉面無表情地回答：「服部先生，服部昭彥。」

川久保大吃一驚，服部昭彥不就是大概一個月之前過世的前教育長？町裡的名人？

服部跟菅原是父子？這怎麼回事？

竹內又問吉倉：「服部先生的兒子怎麼跟他不同姓？」

吉倉回答：「菅原芳雄是服部先生的私生子，服部先生還在町裡當中學老師的時候，把學生肚子搞大了。」

川久保一時無法理解這段話，好像是外國人的外國話，讓他頭暈腦脹。

搞大了中學學生的肚子？

竹內先回過神來。

「町裡的人都知道這件事？」

「不知道。」吉倉說：「除了我之外，只有服部先生的幾個朋友知道。」

「還有誰？」

「前任町長跟前任合作社長，就是阻止服部先生自殺的一些人。」

「服部先生曾經自殺過？」

「我們當場阻止他上吊。」

「菅原芳雄知道他爸爸是誰嗎？」

「當然知道，我們也告訴了他。」

竹內顯得難以置信。

「大家不是都說那個教育長人品高尚嗎？」

「或許是因為年輕時候犯下的錯，才會改頭換面當個高尚的人吧。」吉倉說著，感覺不像是在諷刺。

竹內感嘆地說：「好一個扮裝，把中學生肚子搞大的教育長，他才是扮裝大會冠軍啊。」

離開街區之後川久保關閉警笛，町道在這個時候已經沒有車輛通行，會走這條路的民眾不是還在夏日祭會場，就是已經回家了。看看後照鏡，後車的車頭燈還離得很遠。

竹內問：「教育長的私生子出生的時候，他還是單身？」

吉倉說：「沒有，當時他已經結婚，還有個女兒，應該也是念中學。」

看來他已經完全不打算隱瞞了。

竹內嗤之以鼻：「難怪他想自殺。那菅原的媽媽，那個中學生怎麼了？」

吉倉說那個中學女生發現自己懷孕之後就搬到帶廣跟和嬸一起住，生下芳雄，所以連中學都沒畢業就在帶廣把芳雄養大。

芳雄上小學那年回到町裡老家，在町裡念完小學跟中學，當時服部已經被調到十勝地方的其他町，所以服部和芳雄那段時間沒有同時待在町上。

芳雄中學畢業之後，被媽媽帶離開町上到釧路工作，兩人每年過年跟中元節都會回老家，熟人都看著芳雄長大，而芳雄現在應該還住在釧路。

「菅原長大之後怎麼了？」竹內問。

吉倉說：「詳情我也不知道，只聽說做什麼都做不久。」

吉倉又說，芳雄大概二十多歲的時候連中元節也沒有回町裡，直到十三年前才回到町裡，應該是二十七或二十八歲了。當時聽說他曾經因為竊盜之類的罪嫌被捕，才剛出獄不久，但是吉倉等人並沒有確認這個傳聞。

吉倉說：「但是他真的很沒出息，我們也沒理由懷疑傳聞是假的。」

「怎樣沒出息？」

「就像剛才片桐兄說的，一把年紀看起來還是很幼稚，永遠都長不大，就像個有點危險的大小孩。」

竹內確認：「你說他十三年前回來過，就是亞矢香小妹失蹤案那時候對吧？」

「對，當時服部先生也已經回到町上。他本來是十勝支廳的教育委員，被請回來當町裡的教育長。當我們這些知道內情的人見到芳雄的時候都七上八下，害怕町上居民會發現服部先生跟芳雄的關係。」

「菅原芳雄那年夏天應該沒有在町裡待太久吧？什麼時候離開的？」

「九月離開町上，服部先生給他一筆盤纏，叫他去札幌找工作。」

「給他盤纏？」

「對。」吉倉忿忿地說：「我們也幫忙出了一部分。」

「為什麼要做到這個地步？」

「因為服部先生是町上之光啊。」吉倉長嘆一口氣，似乎擔心眼前兩人不會相信他說的話。「服部先生是町裡第一個上大學的人，他考上當時的學藝大學釧路分校，然後當了老師、校長，甚至十勝支廳的教育委員，也是地方許多審議會的委員，還領過勳章。他是町裡資歷最漂亮的仕紳，我們不想弄髒他的經歷。」

「所以你們拿錢給菅原芳雄，把他趕走？」

「如果芳雄在町上犯法驚動警察，會揭發町裡的黑暗面。」

「敢做就不要怕人家知道啊。」川久保說：「而且片桐先生早就知道了，他說看到了前教育長的兒子。」

「他可是順風耳。」竹內語帶諷刺地說：「說不定只有你們以為這是祕密吧？」

「幫孩子們想想好不好？」吉倉語氣帶些悲痛：「如果孩子們知道教育長曾經把學生的肚子搞大怎麼辦？學生會變壞……不對，町裡所有學校都完蛋了，所以我們要偷偷把芳雄趕出町裡啊。」

「你們為什麼擔心菅原驚動警察？是不是菅原曾經在町裡幹過性犯罪？

你們早知道他綁架了小女孩？」

「不知道！真的！我們沒想過有這個關聯。」

「太假了。」

「我們只覺得他很可能會惹事，而且他當時到町上就是為了勒索服部先生，光這樣就該把他趕出去了。」

「他只是跟爸爸要零用錢吧？」

「我承認那年夏天是有企圖把芳雄趕出町裡，趁芳雄還沒到處宣揚當年的醜事，快點把他趕走。」

「所以警察詢問亞矢香小妹的案子，你們都不肯說出芳雄的名字，故意裝傻？」

「不對！我們真的沒想過芳雄會跟這件案子有關！」

「當時你應該多少想過這案子跟芳雄有關，但是故意裝傻，因為失蹤的女孩是別墅區的。」

「不是，但是我說了你也不會信。」

車子經過陰暗的田野，然後來到JR舊廣尾線的鐵路邊。

川久保問竹內：「就是這附近？」

竹內探頭到副駕駛座，往擋風玻璃前面瞧。

「右手邊有農家，過了農家再往前一百公尺左右就到了。既然奶奶進了安養院，屋裡應該沒人，芳雄要躲肯定躲在那裡。」

樹木之間透出燈光，光源就在那座空屋附近。

竹內說：「有開燈，裡面有人。」

那座民宅離馬路大概二十公尺遠，周邊沒有圍牆，在車頭燈照明之下顯得破舊不堪，幾乎等於廢墟。院子裡有棵樹，好像是櫟樹，樹下停了一輛小轎車。

川久保放慢速度停在路邊，然後立刻關燈，如果開進院子裡壓到砂石會發出很大的聲響，所以應該停在這裡。

屋裡的燈光熄了。

竹內說：「他發現了。」

川久保按著腰際的槍套說：「嫌疑愈來愈重了。」

「要等支援嗎？」

「刻不容緩啊。」

川久保要吉倉留在車上，自己衝下車，一踩上砂石地就發出刺耳的聲響，想偷偷摸摸都不行。

川久保直接前往門口，竹內緊跟在後，手裡還拿著一支鐵撬，看來是從警車工具箱裡拿來的。

經過白色轎車旁邊的時候，川久保拿手電筒往車內瞧，裡面有一堆超商購物袋跟保特瓶，但是駕駛座和副駕駛座都沒有可疑物品。

後面的竹內說：「要衝就讓我衝，我不是公務員，不會害檢方站不住腳。」

「怎麼能讓老百姓冒這種險？」

川久保邊說邊摸索門鈴，但是找不到。接著試著伸手拉開拉門，鎖住了。

川久保邊敲門邊吼：「菅原！有事要問你，快出來！」

沒人回應。

「我來吧。」竹內把鐵撬插入門縫中用力一扳，內側傳出金屬片斷裂的聲音，門就被撬開了。

川久保一把將門拉開，裡面沒有開燈，用手電筒往地上照，只有男用運動鞋。旁邊鞋櫃上扔了一頂長著耳朵的白色毛線帽，就是那頂熊貓帽，帽子旁邊就是黑色眼罩。

竹內抓著鐵橇，穿著鞋就走進屋裡。

川久保跟在後面，玄關進去左手邊首先是客廳，裡面積滿灰塵，地上扔著四、五本雜誌，雜誌印著半裸的女體照片，看來是國道邊自動販賣機所賣的雜誌。

沙發上有鐵絲與蕾絲做成的翅膀。

川久保與竹內對看一眼。

沙織肯定在這裡。

裡面突然發出聲音，從廚房出去的走廊後面好像還有房間。

竹內抓著鐵橇往右跑，川久保用右手掏出左邊腰間的警棍，高舉警棍跟著竹內。

竹內拉開走廊盡頭的一扇紙門，裡面是和室。

有名男子在正前方的窗邊，正準備開窗逃走，川久保搶先一步上前撲向男子，男子想把川久保甩開，但川久保一個掃腿把男子摔在榻榻米上，竹內立刻控制住男子雙手。

男子大約四十歲，體型微胖，穿白色POLO衫配橄欖色長褲，散發出微微的汗臭味。

川久保正要給男子上銬，發現一旁的棉被上躺了個穿著芭蕾舞衣的女孩，立刻將男子交給竹內處理，衝到女孩身邊。

女孩還活著，只是睡著了。川久保扶起女孩，但女孩渾身癱軟，可能是被下了藥。一看，女孩頭上確實有大月啟子說過的頭冠。

川久保抱起女孩對竹內說：「她沒事，我要帶她回警車。」

竹內壓制著男子說：「請馬上找人來支援，不然我可能會把他揍個半死。」

才剛抱著女孩走到門口，就看到有輛箱型車急煞停在警車後面。

藤本夫妻與大月啟子從車裡衝了出來。

「沙織！」藤本驚呼。

川久保邊走邊說：「沙織平安獲救了，請放心。」

藤本夫妻衝向川久保，川久保將女孩交給藤本，啟子則摸摸女孩的頭，拿下頭冠。

「果然沒錯！」啟子盯著頭冠哀號：「啊啊！」

川久保問藤本：「你們怎麼會找到這裡？」

藤本說：「我們看到警車鳴笛離開，想說一定是找到了，只是半路一時跟丟。」

川久保點點頭，拿出警用無線電聯絡廣尾警署。

「剛才被綁的女孩已經獲救，並逮捕誘拐綁架未成年兒童的男性現行犯，請立刻派人支援，地點是……」

啟子緊抓頭冠，跪地痛哭。

吉倉下了警車，茫然地東張西望，看來他這個防犯協會會長也不知道現在該開心還是該傷心了。

川久保看著大月啟子繼續報告。

「本案可能與十三年前亞矢香小妹的失蹤案有關，現場發現了亞矢香小妹的遺留物品。」

看著手表，九點五十分，夏日祭即將告終。

娛樂系 019

# 制服搜查

作者 佐佐木讓
譯者 李漢庭
責任編輯 戴偉傑
美術設計 POULENC
書衣裡插畫 chocolate
內文排版 高嫻霖

總編輯 戴偉傑
出版顧問 陳蕙慧
發行人 林依俐
出版 青空文化有限公司
台北市106大安區仁愛路四段107號7樓
讀者服務信箱：service@sky-highpress.com

總經銷 大和書報圖書股份有限公司
電話 02-8990-2588
印刷 前進彩藝有限公司
出版日期 2016年10月 初版一刷
定價 280元
ISBN 978-986-93303-3-6



**國家圖書館出版品預行編目(CIP)資料**

制服搜查 / 佐佐木讓 著；李漢庭譯. -- 初版. -- 臺北市
: 青空文化, 2016.10
384 面； 10.5 x 14.8 公分. -- (娛樂系；19)
譯自：制服搜查
ISBN 978-986-93303-3-6(平裝)
861.57 105016017